人間奇案錄

VITALITE

苗延琼醫生
Dr MAY MIAO

目錄

序章

為何寫下這些故事？

記錄瘋狂，理解人性

近年因緣際會，有機會不時參與翁靜晶律師的網上節目。節目輕鬆，我也聊得自在。每次她傳來一些奇特的法律個案，請我從精神科的角度提供看法，我總會慢慢翻閱，讀得比預期久。她或許只想我看看判詞和證供，但我每每在那些陳述裡，看見的，是一扇扇通向心智幽室的門。

這些門後，是一些人，在某個時刻，走錯了路——或者說，被困住了。

有年輕人，一時激動殺人，旁人只看到他的暴戾，我卻忍不住想：在他的眼裡，愛是什麼？他學過什麼叫親密，又如何理解被拒絕？

又有一群少年人，成群結黨，把受害者圍住，拳打腳踢。這樣的行為，難道真是「本性邪惡」？或者只是被網上的暴力漫畫、粗口直播，當成了遊戲模仿？他們是否曾經懷疑過，這不是好事？還是，那時候，他們太怕在「兄弟」面前「失威」？

這些案子，若只以一兩個詞來定性，如「暴力」、「反社會」、「變態」，似乎說得太快了。於是我開始覺得，這些「奇案」，倒像一面面鏡子——有些滑稽，有些驚心，但都是我們平常迴避不看的那些面向。

我做了三十五年精神科醫生，日子久了，人們總愛說我「看盡人間百態」。這話有些誇張，我未敢當；但若說我見過許多人生的裂縫，卻是實話。

每當我看這些案子，我腦海裡總會浮起那些年累積的「臨床記憶」。像是那位聲稱自己是億萬富翁的男子，對我說他眼睛裝了魚眼晶體，腳趾被他自己一刀刀切下，只用紅藥水處理，再用報紙包好，走進診所。又或是那三位智能障礙的兄弟妹，家中兄姐各有所成，卻無人發現這幾個小孩的異樣，直到我找到他們罕見的基因變異，才讓真相浮出水面。

對我而言，這些人，這些故事，都是我「靈魂標本庫」裡的珍藏。他們的生活不安穩，言語也未必通順，行為常令人費解。但在我眼中，他們不是「怪物」，而是困在某種形式的痛苦裡。

有一次，我與老總黃仁傑先生談起這些故事。他聽得入神，忽然問我：「苗醫生，這不只是獵奇吧？」

我聽了，一時沉默。他這話問得極好。

若只是談案情有多奇、手法有多狠，無非是提供另一種「精神消費」。那麼，我寫下這些故事的意義，是什麼？

我開始試著寫一點更深刻的事。

我想從一樁弒親案，去談「愛」如何變質為掌控與依附；

我想從那些反覆自殘的年輕人身上，探出「被關注的飢餓」；

我想從那些滿嘴粗言穢語的患者語句間，找出藏得極深的柔情。

這些個案，對我而言，並不是病歷。他們是還在尋路的靈魂。他們的極端行為，往往是一種極端的訴說。若我們能理解這些訴說，也許能在還未走到崩潰的人生中，提早鋪一條回頭路。

我記得有一位創傷後壓力症患者，曾靜靜地對我說：

「醫生，我的創傷記憶像一本燒過的書。

您教我不必修復焦黑的頁面，

而是用剩下的頁面，去寫新的章節。」

我覺得，這就是我寫這本書的起點。

我希望用這本《人間奇案錄》，拼出一張地圖——一張不那麼完整，但有人願意細看的「靈魂修復圖」。

當你翻開這些故事：

你或許會先因為案情而震驚；

但讀著讀著，會想：怎麼會變成這樣？

再往下看，也許會發現：這些裂縫，有時候你我也曾擦身而過。

這本書不只寫給精神科醫師看，也寫給願意理解人性複雜的人看。

願這些故事，能替你照見，

那些你以為的「怪異之人」，其實不過是苦難的另一種模樣。

當你或身邊的人，也走近那個邊緣時，

你會記得，有這些聲音曾經説過：

「我痛。」但也説過，「我還想活。」

這，就是一位資深醫生三十五年的傾聽與答話。

若你願意一讀，我便知足。

第一章

從《爸爸》這部電影說起

當理智崩塌，誰能看見他們的恐懼？

精神病人的暴力傾向：被誤解的恐懼，與真實的風險。

「醫生，最近有宗案件，一名疑似精神病男子在巴士上襲擊一名婆婆，請問精神病人是否有暴力傾向？有沒有什麼特徵？我們又如何預防？」這樣的提問，常常出現在媒體訪問中。這是一個極具爭議卻又經常被簡化的話題。

首先，我們需要釐清一個根深蒂固的迷思：精神病不等於暴力。事實上，絕大部分的精神病患者並不具備攻擊性，他們更可能成為受害者而非加害者。

但為什麼我們對精神病與暴力的聯想如此強烈？這往往來自個別而極端的新聞事件，例如：台灣的鄭捷案，或香港荷李活廣場的隨機斬人事件，這些駭人聽聞的個案，令大眾把極少數個體的極端行為，投射成整體精神病患者的形象。

的確，有部分患有思覺失調症（尤其是妄想型）的人，在病情活躍時可能有較高的暴力風險。但這種暴力常常不是出於惡意，而是一種錯誤的自我防衛反應。

例如：他們可能誤以為某人正在加害自己，或聽到「命令性幻聽」要他傷害他人，這些都是疾病中的錯覺與妄想驅動。

我們在日常生活中能否「識別」潛在有暴力風險的精神病人？坦白說——非常困難。真正高風險的人，往往在病情失控時表現出情緒極端、自言自語、衝動暴躁，但通常這些情況已經會讓旁人下意識地遠離。

以下我經歷過的情境，可能反而更常見：一名乘客突然大聲咳嗽，我不期然望他一眼，他便走近，用兩吋距離狠狠盯着我：「小姐，你望咩呀！」我沒有回應，悄悄走開，避免了衝突。這不是懦弱，而是清醒的選擇。

我想，在多人密閉空間，如地鐵車廂、巴士等，乘客最好不要只看手機，要留心周圍的環境有沒有什麼異樣。

精神科工作多年，我見過數宗嚴重傷人或殺人個案。這些個案背後的成因不一，診斷不同，有的來自童年創傷，有的經歷過長期疏離與遏抑，很多並非單純的疾病導致，而是多重風險和脆弱交織的結果，甚至是人格特徵和因素。

但我更想強調一點：社會上大多數暴力，其實發生在精神健康的人身上。因為人性裡的貪、嗔、痴、慢、疑，才是無底黑洞，才是很多仇恨與傷害的根源。

面對精神病患者，我們不應用恐懼去標籤，而要以科學與同理去看待。不是每個精神病人都有暴力傾向，也不是每個暴力行為背後都有精神病的影子。

理解，是避免誤解的開始；

冷靜，對周圍有察覺，是遠離風險的第一步；

包容，是我們能給予社會最有力的守護。

《爸爸》這齣電影，叫好又叫座，是改編自 2010年荃灣享和街發生的一宗家庭悲劇。一名年輕男子，在精神病發作期間殺害了母親和妹妹。電影以父親的視角出發，緩緩揭示家庭內部的崩塌，沒有高聲呼號，只是一層層揭開無聲的掙扎與無能為力。

劇中兒子阿仔被診斷為「急性精神病」。這是一種臨床上廣義的精神狀態，可能是初發的思覺失調症、躁鬱症的躁期，或藥物誘發的精神錯亂。這類病症發病急促，症狀顯著，常令人措手不及。阿仔的行為混亂，語言無序，情緒極端，種種表現讓人不安，卻也是他深陷病理狀態的真實映現。

他曾說：

「外面的世界好像轉得好快好快！」

「我覺得自己已經死去，周圍的人不再真實！他們來到我身邊，是為了讓我經歷一些事情。」

「好多人對我說話！」

「周圍的人，好像是其他人扮演的！」

「我被一種外力控制著！」

這些話，對未曾經歷者來說難以理解，甚至覺得荒謬。但對阿仔而言，這是他所感受到的現實。當幻覺與妄想取代感官，當世界開始以奇異的邏輯自轉，人的行為不再受常規約束，而是被恐懼與錯誤信念牽引。

急性精神病的預後不算絕望。臨床研究指出，約有四分之一的患者在首次發病後能夠完全康復。但這也意味著，多數患者將面對反覆復發的長期病程。這場病，不只是一場急症，更是一場漫長的戰役。對患者本人是一場內戰，對家庭則是無止境的等待與守候。

阿仔的父親在劇中，是一個遏抑的角色。他沒有過多言語，只有不斷的奔走、忍耐與懊悔。他帶兒子去看醫生、吃藥、勸導他穩定下來，卻又一次次遭到拒絕。病發時，阿仔排斥所有人，甚至視父親為威脅。父親忍住怒火與哀傷，只為留住一個漸行漸遠的孩子。他的沉默，是一種極深的愛，也是一種極重的痛。

阿仔的症狀，符合思覺失調症的妄想型特徵。他出現了「被控制妄想」，認為自己正被某種外力操縱思想與行為；他也有「被迫害妄想」，相信他人意圖加害自己；此外，他還表現出一種扭曲的救世情懷，認為人類人口過多，必須有人出手「清除」，以挽救世界。他說：

「我係天選之人，唔殺人，世界會毀滅。」

這些想法，在他混亂的腦海中逐漸凝固為一種使命感。他曾試圖「隨機殺人」，但最終將矛頭指向了家人——母親與妹妹。這種情況，在臨床上並不罕見。精神病患者的暴力行為多半指向最親近之人，不是因為仇恨，而是因為這些人，正是他們妄想與幻覺中最常出現的角色。

在精神病理中，有一類危險的妄想稱為「病態嫉妒」。患者深信伴侶或家人對自己不忠，或懷有敵意，進而採取攻擊行為。戲中阿仔未明言出現此類妄想，但他對家人的懷疑、排拒與敵視，已透露出某種心理結構的破裂。他不再視母親為母親，甚至懷疑她的真實性。他說：「佢哋唔係真係阿媽同阿妹，係其他人扮演！」

妄想與幻覺的結構可分為「形式」與「內容」。形式指的是幻聽、幻視、錯覺等感官層次的異常，而內容則深受個人文化背景與經歷影響。阿仔接觸過大量反烏托邦小說、環保警世文章，他對世界末日的焦慮、對人類自毀的想像，很可能成為妄想素材。他所「聽到」的聲音與「感覺到」的威脅，並非無源之水，而是他日常累積的思想殘片在病中破碎湧現。

更值得一提的是，有些患者並非全然認同自己所見所聞。他們會對幻覺感到害怕，甚至懷疑自己的狀態。這種矛盾的「病識感」是治療成敗的關鍵。若患者對自己的異常有自覺，他便有可能接受藥物與心理治療；反之，若妄想穩固，病識全無，他便會排斥一切援手，將醫生視為敵人，將家人視為操控者，最終將自己推向暴力與孤絕。

《爸爸》這部戲沒有高聲批判誰。它讓觀眾從父親的無聲、阿仔的混亂、母親與妹妹的無辜中，理解一個事實——這不是一場意外，而是一次無法制止的坍塌。制度並非缺席，但制度也有邊界。精神科不是不曾介入，家人不是不曾努力，但在每一次中斷、每一次拖延之中，一場悲劇慢慢走向發生。

這部戲的力量，不在於它敘述了一宗罪案，而在於它呈現了這樁罪案背後，那一層層沒被看見的累積：一個家庭的信任與崩潰，一場病症的蔓延與失控，一種愛的極限與絕望。

也許我們都該問一問：當下一個阿仔出現時，我們是否還是只能靜靜地看著，然後說一句「早知道」？

條件性出院與康復過程

劇中阿仔出院的方式，屬於現行精神健康制度中常見的「有條件出院」（conditional discharge）。這並非一種完全的自由，而是一種附帶監督的過渡安排。病者雖離開醫院，實則仍在醫療體系的視線之內。他們的康復，並不只是個人的責任，也牽動著家庭與社區整體的承擔。

所謂有條件出院，是指病人在出院後，必須遵守一系列由醫療團隊訂立的具體條件，主要包括：

居住地點安排——患者須居於指定、經評估為合適的住所中，不可擅自更換，以確保其生活環境有利於病情穩定與康復。

接受社康護士的定期探訪——社區精神科護士會定期上門探視，觀察患者的日常狀態、服藥情況與情緒反應，並評估是否有復發風險。

定期精神科覆診——患者需按照醫生指示回到門診接受評估，包括精神狀況的追蹤、藥效副作用的觀察與整體適應能力的判斷。

持續服藥或接受長效針劑治療——為了防止病情惡化，患者須遵照醫囑按時服藥，或接受定期注射的長效抗精神病藥物，不得擅自停藥或更改療程。

這些條件，從醫療角度而言，是用以減少病者復發風險的必要手段；但對家人而言，卻是無形的壓力。他們成為制度下的第一線守門人，既要照料日常，也要警覺任何異常。他們不是精神科醫生，卻要分辨兒子的沉默究竟是倦了，還是又在醞釀妄想。他們不是執法人員，卻必須在危險徵兆浮現時挺身而出，通知有關部門。

若阿仔違反上述任何一項條件——例如拒絕用藥、逃避覆診、搬離住所或出現攻擊傾向，家人便須聯絡醫院或警方，由精神科醫生重新評估，並在需要時安排他回院強制治療。

這樣的制度設計，本意是保護病人，也保護社會。但它所依賴的，是一個病中家庭的持續配合—— 一個本已疲累的家庭，還要時刻保持清醒與警覺。他們不能累，也不能鬆懈。他們不是看守，但每一步都如履薄冰。

阿仔的出院條件，是許多患者的共同現實。他的故事不是特例，而是制度中的一個標本。而制度之外，那些默默守著病人門口的父母、兄弟、姊妹，始終無名。

父親的挑戰：親人與殺手之間的矛盾

《爸爸》這齣戲，看似講述一宗家庭悲劇，其實講的，是一個人如何在痛苦中選擇不逃避。兒子弑母殺妹，這是任何人都難以承受的沉重，而那個「爸爸」，不但要承受喪妻喪女的創痛，還得接受事實——這一切，是由自己的兒子在精神錯亂中所為。他無法對那孩子生恨，卻又怎能無懼？

最讓人心碎的，是那個病者就是他一手拉扯長大的孩子。孩子殺人，卻又無法為自己辯護；不只是無心，而是在病中，那些選擇與意識已被抽空，行為與理性之間斷了線。對父親而言，這既不是惡，也不是過錯，卻實實在在造成了毀滅。這樣的矛盾，非親歷者所能明白。

那孩子如今被安置在羈留精神病院，父親偶爾前往探視。他發現，眼前這個年輕人已經十分陌生。他冷漠，話不多，對所犯之事既無歉意，也無悲痛。父親不問、不說。他只是默默地陪坐一陣，輕聲問問近況，有時帶去一兩樣素食。他不再談過去，也不強求改變。他明白，面前這孩子是他僅餘的血脈，也是他一生無法擺脱的牽掛。

作為父親，他不能只是感情用事。他開始學習，試圖理解這場疾病背後的機制與徵兆。他知道，精神病發作並非毫無預警。醫生告訴他，許多病人會在發病前出現「前驅症狀」（prodromal symptoms），例如輕微的睡眠障礙、社交退縮、情緒不穩或思想異常。如果能在這階段及時介入治療，或許能延緩甚至避免一次全面性發作。

父親也明白，病情若復發，僅靠早期觀察是不夠的。他必須準備「危機處理計劃」（crisis management）。這不單是找出緊急聯絡電話或藥物的調整方案，更是一種心理上的自我訓練。他得想清楚，下一次孩子言行異常時，他會怎樣應對？要怎樣冷靜地、堅定地求助？甚至，要怎樣在必要時，忍痛把兒子送回醫院，作出一次不得已的割捨。

醫生還提醒他一個關鍵詞——「高表達情緒」（High Expressed Emotion, HEE）。這是指家人在與患者相處中所表現出來的高度批評、敵意，或過度涉入。研究顯示，這樣的家庭氣氛會顯著增加精神病患者的復發風險。因為病者本已身處情緒混亂之中，若在日常生活中再受到過多干預或否定，壓力將成為病情惡化的導火線。

與之相對的，是「低表達情緒」（Low Expressed Emotion）。這並非冷漠，而是一種平和、接受、不加評判的陪伴。戲中的父親正是如此。他不追問兒子的內疚與悔意，因為他明白，一味責備只會拉遠距離。他也不急於講道理或規訓行為，而是選擇用最簡單的方式表達關懷：準備一餐飯、坐一會兒、説幾句無傷大雅的家常。那些不説出口的愛，比任何疾言厲色都來得穩重而溫暖。

當然，僅靠家庭的努力並不足以撐起一個病人重返生活的希望。兒子的康復，除了藥物與心理治療，還有兩項不可或缺的工程：職業復健與社交重建。一個人能否回到某種日常軌道，能否在社會裡被視作「可共處的人」，很大程度決定了他康復的幅度與深度。而這，已非父親一人能左右的範疇。

社會必須準備好接納這些曾經犯錯卻不是出於本意的靈魂。他們也許曾經危險，但他們並非本質上的惡。他們需要工作，需要與人交往，需要一個能夠重新出發的位置。他們也害怕被看見時，別人眼中閃過的驚懼與疏離。

《爸爸》裡的父親並不完美，也無力重建過去，但他選擇不放棄。他知道兒子是加害者，也知道他是病人，更知道，在所有人都轉身離開時，他這個做父親的，無論如何，不能離去。

也許，這齣戲不是寫一場犯罪，而是寫一種愛——那種在絕望與沉默之中，仍願留下一盞燈、不再多問的愛。

這部戲也提醒觀眾，除了死去的家人和爸爸以外，精神病患者也是「受害者」，他們需要身邊關懷和接納的人。只有通過家庭、醫療和社會的共同努力，他們才能真正能逐漸康復。

其實，除了急性精神病，也有其他精神障礙，足以導致殺人和嚴重傷人。

解離反殺暴力男

2012年 12月 26日，聖誕節後的一個寒晨，柴灣漁安樓的警鈴劃破寧靜。一單位內，警方接報破門而入。屋內一片狼藉，血跡斑斑，床上躺著一名男子，已無生命跡象。頭部有多處重創，下體幾近被毀，兇器是一把鐵錘與一把染血的剪刀，靜靜地擱在地上，彷彿是疲憊了。

死者是三十多歲的湖南男子周輝。屋內並無搏鬥痕跡，唯獨寒風仍從未關緊的窗吹入，讓室內的血腥氣浮動不止。那是一個經歷過暴力、慌亂與絕望的空間。

報警的，是周輝的伴侶，四十一歲的楊女士。她帶著四歲的女兒，整夜在公園露宿，翌日早晨走進社會福利署，自首説道：「我殺咗老公。」

那晚的聖誕節，沒有燭光，也沒有歌聲。只有一場熟悉的爭吵，在逼仄的單位裡反覆回蕩。周輝要求楊女士借錢替他買車，並威脅説若她不從，便將其裸照放上網。説話間，他情緒激動，手勢誇張，語帶暴怒，楊女士抱著女兒蜷縮在角落，無言以對。

夜更深了，女孩卻無眠，只是在母親懷裡輕輕啜泣。楊女士默默地煲了一碗湯，在裡頭放了些安眠藥，遞給周輝。他一如往常，赤身坐在沙發上，接過湯，大口喝下。

她原以為這一晚能就此沉靜下來。

但並沒有。

周輝並未入睡。他的眼神再次變得陰沉，手伸過來掐住她的手腕。他低聲咆哮：

「係咪有男人等緊妳？」

她沒有答，只感到被迫向廚房退後一步。

「妳試吓走一步，我殺咗你哋母女。」

那是她記得的最後一句威脅。

在廚房狹小的空間裡，她伸手碰到那把剪刀，是做家務時常用的。她幾乎沒經過思考，便將剪刀刺向對方下體，試圖製造逃生的空間。對方卻更加狂怒，一邊叫罵，一邊猛撲上來。

在混亂中，她的手摸到了一把鐵錘。那是平日用來修東西的，沒想過有這一天會這樣使用。她閉上眼，揮了出去。一下、兩下……直到眼前的人再無聲音，再無動靜。

血，溢滿地板。牆角的女兒，怯生生地從陽台探出半邊頭。她沒哭，只是一動不動地看著母親。楊女士雙手顫抖地放下鐵錘，緩緩走向女兒，把她緊緊抱住。

夜很靜，窗外有聖誕夜未拆的裝飾燈，在風中閃爍。她帶著女兒離開單位，一步一晃，在街頭遊走了一夜。沒有人問她，也沒有人注意她們的存在。

翌日早晨，她走進社署，對著櫃枱的社工說：

「我可能殺了人。」

楊女士的過去

楊女士的生命軌跡，早已在過去的時光中，悄悄埋下了痛苦的伏筆。她於 1973年出生於江蘇一個普通家庭，1998年嫁給一位香港男子，兩年後誕下一子。那段婚姻沒有維持太久，2005年劃下句號，孩子由前夫撫養，楊女士一個人來到香港，開始一段孤身的生活。

這段生活既靜默又空虛。後來，她認識了一位內地男子，與他再婚。男子來港後很快便音訊全無。楊女士甚至不知道，自己是否與他已正式離婚。這段婚姻像霧氣一樣飄散。她不再提，也無人過問。這些破碎的經歷，加上童年時父親施加的性虐待，使她的內在逐漸崩潰，像一堵牆，在無聲無息間裂開。

2006年，她在深圳一家酒吧裡，偶然聽到一位鋼琴手的演奏。當時她情緒低落，對未來感到茫然無著，那旋律卻令她一時失神。演奏者是周輝，三十二歲，音樂學院畢業，鋼琴老師，亦在夜場兼職。那晚，他的笑容溫和，彷彿為她撐起一角臨時的屋簷。

兩人迅速相戀。對於楊女士而言，這是一次遲來的救贖。然而，這場戀愛背後是有隱情——周輝其實已婚，直到她懷孕後才發現這事。

2008年，楊女士挺著身孕找上門去，結果被周輝的太太用掃帚趕走。

「你這女人，是不是瘋了！」

她默默回港，情緒低落，後來患上產後抑鬱症。那時，她第一次走進我的診症室。

她穿著一套奶白色運動服，抱著十個月大的女兒。那孩子像個小火球似的活潑，雙腿不停蹬動，聲音清脆響亮。她卻異常安靜，眉宇間散著疲憊，雙眼裡有種若有若無的游離。

我說：「女兒長得這麼活潑，好像不是太像你呢？」

她微微笑了一下，那笑容像沒上色的碳筆畫：「他比較像他爸爸吧。不僅樣子像，連脾氣都像。」

她說完這句，眼神便飄遠了。

我注意到，她的手微微顫抖，坐姿也略微前傾，像是隨時會掉下來的枝條。

我問：「楊女士，你最近的情緒如何？」

她沉默片刻，低聲說：「我覺得好累，總是提不起精神，很多時候……什麼都不想做。」

經過幾次評估與觀察，我診斷她患有產後抑鬱症（Postnatal Depression, PND）。但我知道，這不僅僅是產後荷爾蒙變化的結果。

有一次，她突然語氣急促地說：

「告訴你，醫生，我童年被父親多次亂倫！」

她停頓了一下，聲音低了些：

「我父親把我留在家中，跟學校請了假，就在家裡對我……施暴。」

我聽著，無語。

「這件事媽媽也知道，她竟然像合謀一樣，對我說：『怕什麼，他是你爸爸！你不妨安慰一下他。』」

她的語氣不是憤怒，而是一種麻木。

她嘗試逃離，但沒有成功。那些經歷，深深影響她後來的婚姻、她的自尊、她的親職。她經常出現解離徵狀，感到周圍世界虛浮不真，甚至說：

「醫生，我沒有安全感，我下了車子不懂回家！」

她不僅患有抑鬱症，也符合複雜性創傷後壓力症（Complex PTSD）的特徵，這是一種長期累積的心理創傷，在她身上留下許多難以察覺卻深刻的痕跡。

有一次，她望著診症室外的走廊，輕聲問我：

「醫生，為什麼我會變成這樣？」

我回答她：

「產後抑鬱的發病率在 15%到 20%之間。有些人早在懷孕期間就出現症狀，只是沒被察覺。情緒低落、提不起勁、注意力渙散，甚至對孩子產生疏離，都是典型的症狀。」

她聽著，點點頭，眼神淡淡的，像是墜入一場看不見底的霧裡。

「可是我已經試著努力了，但我就是覺得自己什麼都做不好。」

她說得輕，卻帶著極深的自責。

「這不是你的錯。」我說，「情緒與精神的復元需要時間，而這段時間，你需要學會對自己溫柔一點。」

一個月後，她的情緒與睡眠有所改善。但那天，她再次來到診所，語氣急促卻低沉：

「醫生，請你幫我催催社工。我真的……照顧不了女兒了。」

我望著她，問：「你真的下定決心了嗎？」

她點點頭，眼中含淚：「不是我不愛她，而是……我不能。他還這麼小，我怕自己照顧不了她。我實在吃不消！」

最終，社工為女兒安排了院舍。楊女士堅持不要寄養家庭，因她害怕女兒重蹈自己的覆轍——她說自己兒時便是在親戚家遭受侵害。這樣的安排或許不是最理想的，但我理解她的恐懼。

幾週後，我在診所門外見到被送進院舍的孩子，一位護士正抱著她，笑說：

「醫生，你看她多乖啊！」

我接過孩子，卻心中一沉。孩子不哭不鬧，眼神空洞，只是低著頭吸著手指，對外界毫無反應。

我知道，這不是「乖」，這是依賴性抑鬱（anaclitic depression）。

往後的互動裡，我觀察到她呈現出迴避型依附傾向。她與母親互動冷淡，母親離開房間時，她無任何反應。她對玩具不感興趣，只是不斷將它們塞進褲袋，如同將世界隱藏起來，換一種方式緊握。

我試圖對楊女士說：「楊女士，女兒需要的不只是餵奶與洗澡，她需要你的眼神，你的聲音，你的在場。」

她說：「我害怕，我連自己也照顧不了……我怎麼照顧她？」

在深入了解楊女士的背景後，我明白了她內心深處的恐懼與矛盾。楊女士的父親曾對她施加長期的性虐待，那段不堪回首的過往，成為她內心揮之不去的陰影。她經常出現解離狀況，感到周圍環境陌生，自己與外界隔絕，活在一個平衡時空。

「楊女士，你的痛苦是可以被理解的，但這並不是你的錯。我相信你不是不想照顧孩子，而是不能！」我對她說。

這場母與女的故事，揭示了依附關係的力量與脆弱。父母的愛可能是孩子最強大的支柱，但當父母自身背負著沉重的創傷時，這份愛也可能變成一把雙刃劍。

作為醫生，我希望能陪伴楊女士走出內心的陰影，同時努力為女兒創造一個更穩定、安全的成長環境。

2011年，周輝再度出現。多年未聯絡的他突然來電，聲音仍是當年那般柔和，說想重新開始。那時的楊女士，身心俱疲，仍在掙扎於一個人的生活與病後的餘波中。她沒想過幸福，只求有人能與自己共渡日子裡的風雨。於是，她再一次選擇了他，也再一次選擇了一段早已破裂的關係。

次年，楊女士把四歲的女兒從院舍接回來，母女團聚。她靠綜援維生，勉力撐起一個無根的家。生活雖仍窘迫，但她以為這樣便是重新開始，只是這個「開始」，其實是悲劇的鋪墊。

2012年事發當日 ，警方接報來到柴灣漁安樓的單位。門一開，滿屋血跡，床上是一具男性屍體，死者正是周輝。根據法醫記錄，死者頭部遭受多達二十七次重擊，下體也幾近「去勢」。案發現場，一把鐵錘與染血剪刀擱在床角。

警方調查發現，楊女士曾於案發前將安眠藥混入周輝的湯中，原以為他會安睡，卻沒想到藥力未竟，他在昏沉之際仍能起身威脅。那一夜，暴力再現，威脅與恐懼猝然逼近，最終導致不可挽回的局面。

2014年 3月，案件於高等法院開審。楊女士以自辯形式陳述案情。她的聲音並不高，話語斷續，但字字鏗鏘，詳述周輝長年對她與女兒的威嚇、施暴與性侵。在庭上，她曾數度因情緒激動而哽咽。她說，在那一刻，她腦中浮現過去的記憶，兒時的創傷、一次次被壓下的憤怒與恐懼，像潮水般湧來。

「他赤裸著走近我，說要殺我和個女……」

「我驚到唔識郁……」

「嗰一刻我唔記得自己係喺邊，我以為我返咗去……以前……」

她說的是創傷的回閃（flashback），是一種突如其來的精神崩解。在精神病學上，這種解離狀態並不罕見，尤其對於曾長期受虐、患有創傷後壓力症的病人。

出庭作證的精神科醫生亦指出，楊女士患有長期抑鬱症，並於案發當日正處於解離狀態。她的反應，既非蓄意，也非冷血，而是處於極度驚懼與人格分離之下的失控。

最終，陪審團一致裁定楊女士謀殺罪不成立，改判誤殺。

法官考慮到周輝的挑釁行為、楊女士的心理健康問題以及真誠悔意，最終判處她七年監禁。

楊女士心理深淵中的失控

楊女士從來未曾經歷過無條件的愛。這世界於她而言，自幼便是一場扭曲的試煉——那個應當保護她的父親，卻在黑暗中將她推入深淵。他不只奪走她的身體，還逼迫她在眾人面前説謊，將一切責任歸咎於自己。那是赤裸裸的掠奪，連尊嚴都不留下半點餘地。

她經歷的是三重的暴力：身體的毆打、性的不容與心理的踐踏。而最令人心寒的，或許是她的母親—— 一個同為女性的旁觀者。她明明應該明白，卻選擇了轉身，甚至為丈夫辯解：「怕什麼？他是你爸爸。」這話如刀，從此扎進她的心底，再沒有拔出。

這樣的童年，讓她的靈魂不敢長大。信任，在她心中是一種過於昂貴的奢侈品，無人給予，她也不敢索取。她無法相信人，更無法相信自己。這樣的女孩，又怎能在日後學會建立一條健康的界線，在別人靠近時，懂得説「不」？

或許她未曾察覺，那時她唯一能依靠的，就是大腦與身體的本能防衛：解離（Dissociation）。當父親將她推向地獄之門，她的靈魂早已逃離身體。她的感官與知覺被一層薄膜包裹起來，像在旁邊冷眼觀看一個女孩被踐踏、被摧毀。她沒有哭鬧，因為她早已不在那裡。她學會將自己切成兩半，保全尚存的一點神智。

這種心理防衛，雖能暫時止痛，卻也將她與「活著」這件事，割裂得愈來愈遠。

成年後她重複著相同的軌跡。第一段婚姻無疾而終，她未曾真正愛過對方，只是去完成一個女人的角色。然而這段關係的結束，仍帶走了她僅餘的自信與尊嚴。孩子由對方撫養，她一人孤身在異地生活，身邊無一知己，連一個能訴説的人都沒有。

後來，周輝出現了。她模糊地以為，男人的溫言與承諾便是愛，於是又一次投入。然而這段關係，不過是另一場剝削的開始。

周輝對她施加的是肉體上的支配與情感上的威嚇。他要她借錢、順從，否則便以裸照威脅。甚至連她的女兒，也成了他恐嚇與侮辱的工具。他的出現，就像把童年的創傷再次從記憶裡撕開來，讓她一遍遍重溫那些最不願回想的場景。

案發那夜，她不過是想讓一切安靜下來。她在湯中混入了安眠藥，只求他能安靜一晚。然而藥力沒有發生效用，他赤身怒罵、暴力逼近，甚至威脅要殺她與女兒。

那一刻，她的精神再一次崩潰。

她的意識剝離現場，時間與空間混亂交疊，眼前的男人不再是周輝，而是她的父親，那個曾經無數次踐踏她、毀掉她童年的人。

她沒有選擇，也無法思考。她不是在「下手」，而是在一場無法抽身的解離中被本能驅使。她的手只是工具，她的身體只是載體。在那種幾近崩壞的心理狀態裡，她反覆揮動錘子，就像一場不由自主的儀式——不是為了報復，而是為了從記憶裡掙脫出來。

精神科醫生事後指出，她當時處於「解離性憤怒」（Dissociative Rage）之中，這種憤怒並非刻意積累，而是來自創傷的激活與人格的割裂。她並非有意殺人，而是處在一種極度的驚懼與幻象中，已無法區分過去與現在、自我與他人。

這樣的楊女士，不是殺手，而是一個太久不曾好好活過的女人。

我們能怪她嗎？

畢道，她從未學會如何去愛、去信任，又從來沒體會過被人珍惜。

在周輝的性暴力和要脅下，她感到極端害怕和憤怒，楊女士的精神處在解離狀態下，她腦中回閃著小時候被強暴的畫面，周輝就像她的父親，而她的自我感知和行為控制已經嚴重割裂。

最後，她在「解離性憤怒」與自衛下，本能地拿起一個錘仔不停敲下去。

解離狀態下可能導致傷人行為的原因與機制

情感超載與自我保護機制

解離狀態往往源於過去未解決的心理創傷，例如童年虐待、性侵、戰爭創傷等。個體在面臨類似情境或極大壓力時，可能進入解離狀態，試圖暫時逃避現實中的痛苦情緒。

在解離狀態下，個體的情緒可能完全脫離理性控制。當他們感覺到威脅或壓力時，可能「防禦」過度，而轉化為攻擊性行為；這種行為並非出於理性，而是出於生物性的求生反應。

自我意識的模糊與外界感知的扭曲

在解離狀態中，個體可能感到自己與現實世界斷開聯繫，甚至認為自己處於「夢境」或「非現實」的狀態。他們可能無法正確認知周圍的環境或事件。

這種感知上的扭曲可能導致個體誤判情境，將無害的人或事物視為威脅。例如，面對一場普通的爭吵，個體可能感覺自己正處於極端危險的情境，從而失控傷人。

創傷記憶的重新浮現

解離狀態常伴隨創傷記憶的「重演」。某些觸發因素（如特定聲音、語氣、情景）可能喚起個體過去創傷的記憶，使其在心理上「重返」當時的情境。

在這種情境中，個體可能無法區分現實與記憶，將眼前的人視為過去傷害自己的對象，進而採取防禦性攻擊行為。

「解離性憤怒」與衝動失控

解離狀態下，個體的情緒調節功能可能失效，特別是在遭遇挑釁、壓迫或威脅時。他們可能陷入一種極端的「解離性憤怒」。

這種憤怒通常是對過去未解決創傷的激烈反應，卻被誤導到當下情境中。個體可能突然爆發出攻擊性行為，事後對自己當時的行為毫無記憶。

精神病性解離與失去自我控制

某些情境下，解離狀態可能伴隨精神病性症狀（如幻覺、妄想）。這種結合會極大增加傷人行為的風險，因為個體的行為受到非現實的感知驅使。

個體可能聽到「命令性幻覺」，指使他們傷害他人，或者因妄想認為某人對自己或家人構成威脅，從而採取極端行為。

記憶空白與責任感缺失

解離狀態下，個體的行為記憶可能出現斷片或完全空白。他們可能無法回憶起當時發生的事件，甚至否認自己曾經做出過傷人行為。

記憶空白可能導致責任感缺失，讓他們在當時的情境中更加無所顧忌，因為他們的行為不受常規道德或法律約束。

典型案例

- **楊女士事件**

楊女士長期遭受家暴與精神壓迫，最終在極度壓力與解離狀態下，用鐵錘殺死伴侶。她事後自首，表示「不記得當時是怎麼做的，只知道自己很害怕。」專家分析，她在事件中進入了解離狀態，對情緒失控和行為負責能力下降。

- **戰後士兵暴力事件**

有些創傷，不會隨戰爭的終結而止息。它們藏在人的記憶深處，像一根無形的刺，潛伏多年，卻從未真正離開。

有些退役的士兵，在戰地上倖存，卻在歸鄉後成為了精神的俘虜。創傷後壓力症（PTSD）讓他們的精神世界停留在某個瞬間——槍響、爆炸、戰友倒下的聲音，在特定的聲響或場景中再次甦醒，令他們不由自主地進入解離狀態。他們不再身處現實，而是被拉回那片充滿火光與死亡的土地。

曾有一位參加過越戰的退役士兵，返鄉後一直努力讓自己過得正常。他買了一部電單車，說是想感受自由的風。他帶著女友出門兜風，那日陽光很好，空氣也清新。他們沿著濱海公路駛去，像每對情侶一樣，享受著難得的寧靜。

可就在一個轉角處，一部急駛而來的救護車打破了這片平靜。警笛聲劃破空氣的剎那，士兵的眼神突然失焦。他的呼吸急促，雙手緊握車把，全身僵硬。那不是一聲警笛，而是一聲「引爆令」，將他從當下拖回戰場。

他失去了現實感——街道成為敵陣，救護車成為衝鋒的火砲。他的意識已經不在這裡。他全速駛向那台車，在極度驚慌與錯亂之下，撞了上去，他與他的女友，雙雙當場喪命。

這不是一次單純的交通事故。這是戰爭的延伸，一次遲來的犧牲。

這樣的故事，無聲地提醒我們，戰爭從來不只在前線發生。創傷不會因為和平來臨就自動痊癒。它可能潛伏在記憶的暗角，直到某一個聲音、一道光、一陣氣味，將人帶回那個從未真正離開過的恐懼現場。

也許我們無法完全理解一個解離中的人看見了什麼。但我們可以知道，他不是「瘋了」，只是太痛、太累，無法再用理智去承受那個未曾被真正安置的過去。這個士兵回不了家。他的身體回來了，靈魂卻還流落在戰場。直至那聲警笛響起，他才終於脫離——不再恐懼，不再驚醒。

如何應對與治療

楊女士因童年時期的創傷、長期的家庭暴力以及壓力性事件，陷入了解離狀態，最終在失控中犯下了致命錯誤。

這是一個典型的創傷後解離行為案例，而適當的治療與應對策略可以幫助她逐步康復。

心理治療：修復內心的裂痕

認知行為療法（CBT）

應用方式：治療師可以幫助楊女士識別哪些事件或情境容易觸發她的解離狀態。例如，過去伴侶的暴力行為可能讓她在面對威脅時無法冷靜思考。

目　　標：教導她在感到威脅或壓力時，利用現實檢驗技巧（如確認當下環境是否安全）來取代解離反應，並逐步提升她的情緒調節能力。

創傷聚焦療法（Trauma-Focused Therapy）

應用方式：楊女士需要與治療師一起探討她童年時期被父親性虐待的經歷，以及長期的情感忽視如何影響她的行為。治療師會協助她面對這些創傷記憶，幫助她理解這些過去的事件已經結束，並不會再對她造成威脅。

目　　標：減少未處理的創傷對當下情緒和行為的影響，讓楊女士不再因恐懼與憤怒而失控。

心藥物治療：穩定情緒，減少解離

楊女士情緒波動和解離症狀的表現明顯，藥物治療能輔助她的康復過程：

抗抑鬱藥：幫助改善她的長期抑鬱症狀，緩解悲觀情緒，提升心理能量。

抗焦慮藥：在她面對壓力情境時，幫助她減少過度緊張和恐懼反應，避免進一步引發解離狀態。

危機管理：保護她，也保護他人在危機干預的過程中，我們不僅是防止悲劇的發生，更是在為一個受傷靈魂重新建立安全的港灣。對於楊女士而言，建立穩定、有支援的環境，是她能重新站起來的第一步。

建立安全環境

實際應用：為楊女士安排一個安全、受監督的居住空間，盡量避免她再接觸可能引發情緒失控的情境。

目　　標：降低外界觸發因子的影響，為她創造一個可以慢慢復原的環境，讓情緒有喘息與調整的空間。

緊急心理干預

實際應用：當楊女士出現情緒劇烈波動、或明顯的解離傾向時，須即時介入，提供心理支持。可以由受過危機干預訓練的社工或心理專業人員進行一對一輔導，確保她在最脆弱的時刻，有人照應，阻止傷害自己或他人的行為發生。

目　　標：在危機中迅速穩定情緒，減少解離現象的強度與頻率，避免情緒失控擴大成更嚴重的後果。

治療的最終目標

重建家庭角色：透過長期治療，協助楊女士重新學習如何在穩定情緒下扮演母親的角色，恢復親子間健康而正向的互動，避免舊有負面家庭模式的複製與延續。

促進自我認同：引導她逐步認識自身的價值與尊嚴，讓創傷不再定義她，幫助她在自我認同中找到新的力量，擁有一個相對健康、充滿希望的人生。

防止再次傷害：結合心理治療與必要的藥物介入，協助她在面對未來壓力時，能以更成熟、理性的方式應對，而非再次陷入解離與失控的循環。

楊女士的故事提醒我們，創傷與解離行為，從來不是孤立的個人問題，而是家庭、社區、乃至整個社會的集體挑戰。我們能否為這些受困的人打開一條回家的路，避免更多悲劇重演嗎？

我認為，殺死周輝的不是楊女士，而是楊女士的禽獸父母。我相信若果楊女士有更多的社區支援，協助她走出環境心理的孤立無助，或者可能避免悲劇發生。

依附關係的建立：女兒經歷了分離壓力

嬰幼兒的健康成長高度依賴與主要照顧者（通常是母親）的穩定依附關係。心理學家 John Bowlby的依附理論指出，嬰兒從出生起，便通過與主要照顧者的互動，建立安全感與信任感。這種依附關係是情感、安全感及未來社交能力的基石。

楊女士的女兒出生於 2008年，在母親患上產後抑鬱症、家庭關係極度緊張的環境下成長。由於楊女士情緒失控、經濟困難，女兒很早便被送到兒童之家寄養。

分離壓力（Separation Stress）是嬰幼兒最大最難以承受的壓力。嬰幼兒極度脆弱，照顧者對她的重要性可是關乎到生死存亡。

女兒的情緒與行為反應

焦慮與恐懼：在與母親分離初期，楊女士的女兒出現強烈哭鬧與尋找母親的行為。這是嬰幼兒面對分離的自然反應，但若分離持續未被修復，孩子將逐漸感到被遺棄。

退縮與冷漠：漸漸孩子可能進入退縮狀態——不再主動尋求情感聯繫，對周圍事物失去興趣，情感表現變得冷漠或木然。

依賴性抑鬱（Anaclitic Depression）：楊女士的女兒最終被診斷出依賴性抑鬱症。這種心理狀態表現為：

缺乏互動，不主動尋求安慰：

情緒平淡、異常乖巧（實為心理防衛）；

對外界失去探索與興趣。

女兒的認知與社交發展的受阻

依附模式紊亂：長期分離破壞了嬰幼兒原有的依附安全感，容易導致形成不安全依附（如迴避型、紊亂型依附）。未來在建立親密關係時，將容易出現信任困難與人際疏離。

探索與學習能力下降：缺乏基本安全感，會讓嬰幼兒對環境探索失去動力，進而影響認知成長、學習興趣及自信心的發展。

女兒的經歷

回到媽媽身邊的女兒，不幸地多次目睹周輝與媽媽暴力事件。女兒當時的哭喊與干預反應（如「不要打媽咪」）顯示，她試圖參與母親與周輝的衝突中，但這樣的參與對於一個四歲的孩子來說，是一種巨大的情感負荷，可能導致創傷後壓力症（PTSD）。

楊女士的女兒，在分離與創傷壓力下，需要及時而有系統的心理干預，以減輕長遠的負面影響，幫助她重新建立安全感與成長的基礎。

重建依附關係

穩定主要照顧者：安排一位固定且值得信任的照顧者，讓她在日常中重新體驗可靠的情感連結，逐步修復對外界的信任。

修復母女關係：協助楊女士學習以敏感、接納的態度回應女兒的需求，從而一點一滴重建母女之間破損的情感紐帶。

處理創傷經驗

遊戲治療介入：透過遊戲作為媒介，讓女兒有機會自然地表達內在情緒與創傷記憶。這部分，我曾聯同心理治療師莫穎斯，一同與母女進行治療工作，為她們搭建初步的情感橋樑。

創傷聚焦療法：當女兒年齡稍長、情緒與認知更成熟時，進一步引導她正視並消化曾目擊暴力事件進一步引導她正視並消化曾目擊暴力事件留下的心理陰影，讓創傷不再無聲地操控未來。

建立支持性環境

穩定的成長場域：提供一個安全、可預期的生活環境，避免再次經歷突發分離或情緒動盪。基於此考慮，社工與我極力推薦楊女士考慮讓女兒進入寄養家庭，至少能在完整的家庭氛圍中成長，擁有寄養父母的陪伴。

情緒調節與表達訓練：隨著語言能力發展，逐步引導女兒學習識別情緒、表達感受，並掌握基本的情緒調節技巧，增強她的內在力量與自我效能感。

楊女士的女兒是這場家庭悲劇中的無辜受害者。我希望她能夠逐漸走出陰影，恢復情感的健康與內心的平靜。因為我真的不希望，媽媽所受的創傷，「跨代遺傳」給女兒。我們可以為這個悲劇的輪迴，打上個句號嗎？

不過，嚴重暴力的出現，還可以出現在其他精神狀態，例如強迫症。

強迫斬父母

Wallace差不多把父母斬死

「小明，吃飯啦！」

媽媽的聲音從廚房傳來，語氣熟稔，略帶催促。

Wallace坐在飯桌前，眉頭緊鎖。他的視線迅速掃過桌面，像是尋找某種違和。

「筷子呢？」

他開口，語氣裡帶著不滿。

他的眼神定住，忽然臉色一變。

「方向不對！」

聲音突如其來，響得刺耳。

媽媽一怔，趕忙從廚房奔過來，手忙腳亂地將筷子轉向另一邊。

「對不起，對不起，媽改，媽改。」

她語速急促，似是早已習慣這樣的場景。

「還是錯！」

Wallace猛然拍案而起，椅子重重撞在地面，發出沉悶一聲。他的臉漲得通紅，眼神裡帶著一種幾近強迫的執拗。

「跪下，磕頭一百次，立刻！」

媽媽僵住了，身子微微顫抖，低著頭，聲音輕得像風中的呢喃。

「好，好……你別生氣。」

她慢慢跪下，額頭貼地，開始數著。

「一……二……」

爸爸站在廚房門邊，手裡握著飯勺，整隻手都在發抖。他的目光停在兒子身上，沒有說話。

數到第六十下，媽媽身形一震，顯然體力不支。她緩緩站起來。

「小明，剩下的……可不可以不要？」

「什麼叫不要？你要叩足一百次！」

Wallace的聲音拔高，幾乎是怒吼。

他的拳頭砸在桌面，碗碟震動。他轉身衝進廚房，抽起菜刀，眼神裡一片瘋狂。

「你們為什麼總是不聽話？！」

他厮聲咆哮，舉起刀往媽媽砍去。

媽媽一聲驚叫，身體往後退，下意識舉起手臂擋住。刀鋒劃破皮膚，血湧而出。

爸爸衝上前拉他，卻被反手砍中腳踝，當場倒下，血流不止。

飯廳裡聲響四起，血腥味迅速蔓延。尖叫聲、金屬撞擊聲與嘶吼交纏一處。

媽媽顫抖著掏出手機，手指沾血，終於撥通了號碼。

「救命！我們的孩子瘋了！」

這場流血的晚餐，是長年順從與遏抑積累的終點。家庭的沉默，讓無理成為了理所當然，終於釀成一場無法收拾的災難。

錯愛的童年

士多的招牌在微風中輕晃，陽光斜斜地灑進小巷，牆角的貓影也靜靜伏著，一切顯得安靜而平凡。Wallace站在櫃檯後，雙眼專注地看著面前幾排飲料瓶。他一瓶一瓶地調整，角度、距離，每一處都力求一致。瓶身排列得整整齊齊，彷彿他所有的情緒與秩序，都寄託在這些玻璃瓶上。

「小明，別忙了，出來吃飯吧！」

媽媽的聲音從裡屋傳來，語氣中帶著輕柔的笑意與一點點寵溺。

「等一下，這裡還沒弄好！」

他沒轉頭，只是邊回應邊繼續手上的動作，那神情與語氣中，全無兒子的溫順，倒多了幾分莫名的堅決。

爸爸從側門走出來，手裡拎著一箱汽水，邊走邊笑：「小明，差不多就可以啦！哪有人會注意這些東西呢？」

Wallace抬眼看了爸爸一眼，眼神認真得幾乎有些咄咄逼人。

「如果不整齊，看著就很不舒服。」

爸爸微微愣了一下，他沒再說話，只是放下汽水箱，走回屋內時低聲說了一句：「隨他吧，他就喜歡這樣。」

事情大概是從半年前開始變得更明顯的。那日，一家三口如常圍坐在飯桌前。飯菜色香俱全，熱氣還未散去，桌上卻忽然安靜下來。

Wallace皺著眉看著碗筷，眉頭愈發緊蹙。

「筷子方向不對！」

他的聲音不大，卻很急，也很硬。

媽媽連忙放下碗筷，手往桌面伸去：「對不起，媽馬上改。」

他盯著她的手，一言不發。但當她調整完後，他仍不滿意。

「不行，還是錯了！」

他站了起來，一把奪過筷子，迅速又用力地擺正。動作粗野，像是要和什麼東西爭勝。

媽媽的語氣低了下來：「好了，好了，別生氣，這次對了吧？」

Wallace盯著那副筷子看了一會兒，終於沒再說什麼。但他的嘴唇繃得很緊，聲音也低得幾乎聽不見：「為什麼每次都要我提示呢……」

爸爸沉默了一陣，終於開口：「小明，這些真的那麼重要嗎？你看，飯菜都涼了。」

Wallace沒回應。他的眼睛低垂，像是看著碗裡什麼難解的問題。他不是不明白別人的話，只是那份不安與逼迫感已經慢慢佔據了他的內心。他知道自己反應過火，可就是無法停下來。

那晚收拾碗筷時，媽媽忽然停下了手，回頭看著在陽台抽煙的爸爸，聲音低低的，像風掠過茶杯。

「你還記得嗎？小明小時候多聽話、多懂事，現在怎麼變成這樣？」

爸爸彷彿沒聽見，又像是不知道該怎麼接話，沉默了一會兒才說：「可能是我們太縱容了。他是獨子嘛，從小要什麼給什麼，哪捨得他受委屈。」

媽媽低下頭，眼角微紅，聲音帶著些微自責：「我總覺得，是我們沒教好他……我也不知他那裡出錯，我們從來不給他什麼壓力，只是希望他……可以快樂一點就好了。」

爸爸沒有回應，只是深吸了一口煙。

他們都隱隱知道，孩子的執著已超出尋常。可這些年，他們一直不敢多想，也不敢多說。關於「精神病」這三個字，他們從未正眼看過。他們以為沉默與遷就就是愛，可他們不知道，對病的無視，有時就是最大的殘忍。

Wallace的告白

早些時候，Wallace經常獨自坐在小小的房間裡，手裡握著一雙筷子，一遍又一遍地調整方向。他的眼睛紅紅的，嘴裡喃喃自語：「我不想這樣……可為什麼，就是停不下來呢？」

窗外的月光靜靜灑進來，映在桌面整齊排列的物品上，也照在Wallace那雙迷茫而疲憊的眼中。他最近越來越因為排列不當而衍生焦慮，令他深感不安和痛苦。

漸漸地，這份不安，演變成難以遏制的憤怒。他開始認為他對排列的要求是理所當然的，不只要求自己這樣做，也逼迫着愛他的父母就範。事實上，Wallace對排列的執着，在生活其他範疇也出現。

Wallace在校園的生活是怎樣的？

中三的教室裡熱鬧非凡，同學嘻笑著進入教室，但 Wallace端坐在自己的位置上，一動不動。他的桌面彷彿一件藝術品：書本按大小整齊堆放，鉛筆以90度角排列，水瓶則放在他專門帶來的杯墊正中央。

「喂，Wallace，」一名同學湊過來，看著他一絲不苟的桌面，好奇地問，「為什麼你總是花那麼多時間擺桌子？沒人會在意這些啊。」

Wallace連頭也沒抬，只是將筆記本微微調整了幾毫米，然後淡淡地說：「你不會明白的。」

那名同學聳了聳肩，回到自己的座位，低聲對旁邊的人說：「他真的很完美主義，」

Wallace聽到了，但毫不在意。他微微揚起嘴角，自言自語道：「這些污糟邋遢、亂七八糟的低等人，怎能明白我！」

這天，Wallace走進美術教室，發現自己的小組作品被動過。他原本完美排列的拼貼被改得有些凌亂。

「誰碰了這個作品？」他氣忿地問。

一名組員小心翼翼地回應：「我們改了一下……」

Wallace的聲音突然提高，語氣中充滿了怒火，「你知道我為了這個設計花了多少時間嗎？你這樣改，完全破壞了它的平衡！」

「這不過是個小組作品，別那麼認真嘛。」另一名同學低聲説道。

「不認真？」Wallace冷笑一聲，臉上滿是輕蔑，「這是典型的平庸思想。」

老師聽到了動靜，走過來說：「Wallace，這是團隊合作，你需要學會妥協。」

「妥協？」Wallace幾乎咬牙切齒，「妥協是失敗者的行為。我知道自己想要什麼。」

Wallace不介意不受同學歡迎，但他覺得這間學校已經不適合自己了。他要求父母替他轉校。

「Wallace，你這三年內已經轉了二次學校了。」父母憂心忡忡對Wallace說。

Wallace靠在椅背上，雙腿交疊，語氣中帶著倔強，那不是我的錯，是因為那些學校不夠好。老師沒有　發性，同學也不值得我交朋友。」

父母試探著問：「那你覺得，什麼樣的人才值得成為你的朋友？」

Wallace微微一笑，臉上帶著一絲驕傲：「整齊的人，才是優秀的人，平庸混亂是不可接受的。」

「可是，」媽媽停頓了一下，「每次轉學你都適應得不太好。你有沒有想過，你的期望可能……有點高？」

「高？」Wallace輕笑一聲，語氣中帶著不屑：「別人跟不上是他們的問題，不是我的。」

媽媽心情一沉，她覺得 Wallace太過自我中心，很難跟人相處。媽媽心中很擔心，但她不知道兒子有什麼問題。

小欖精神病院

因為把父母砍到皮開肉裂，幾乎把他們置於死地，Wallace在醫院待了很長的時間，他的強迫症稍有改善，不過他的自戀人格依然故我。

這天父母來到醫院，約見了醫生。

在診室裡，醫生坐在桌後，面前擺著 Wallace的病歷資料。他的父母坐在對面，神情中透著焦慮與無助。

「醫生，小明到底怎麼了？」母親忍不住先開口，聲音中帶著顫抖，「他總是對我們的每件事都挑剔，說我們不夠好。他自己也很累，可就是停不下來。」

醫生說：「我理解你們的擔憂。經過我們的評估，我診斷 Wallace 同時患有強迫症（Obsessive-Compulsive Disorder, OCD）和自戀型人格障礙（Narcissistic Personality Disorder, NPD）。我來詳細解釋一下這兩個問題，以及它們是如何影響 Wallace的行為和心理的。」

「首先，關於強迫症，這是一種以反覆出現的強迫性思維和儀式性行為為特徵的心理障礙。強迫性思維通常是一些令人焦慮的念頭，比如Wallace的情況，他對細節、秩序和『完美』的要求特別高，甚至到了無法忍受任何偏差的程度。這種需求驅使他重複檢查、調整，或者對他人提出非常具體的要求，試圖通過這些行為來緩解自己的焦慮感。」

父親插話：「所以，他每天一定要把書本文具擺得整整齊齊，如果稍微亂一點，就會發脾氣，是因為這個原因？」

醫生點頭：「沒錯，這就是典型的強迫症行為。這種重複性行為不是出於喜好，而是他內心對『失控』的恐懼驅使的。他認為，只要環境達到他的要求，他的焦慮就能被控制。」

母親低聲問：「可是這樣，他很累，我們也很累……」

「強迫症確實對患者和家人都有很大影響。」醫生繼續說，「Wallace自己也明白這些行為可能過於極端，但他無法控制，這會讓他陷入更深的焦慮。這種焦慮來自於他的大腦處理信息的方式。」

「我們談談 Wallace的人格特質。」醫生翻開一頁病歷，「Wallace同時表現出自戀型人格障礙的特徵。這種人格特質有幾個核心特點，比如對自己的能力有高度評價，對他人的批評非常敏感，以及對外界過度的需求認可。」

母親有些不解：「醫生，他一直覺得自己很對，總說我們不理解他，這也是病嗎？」

醫生微笑著點頭：「可以這麼說，自戀型人格障礙的核心問題是極度需要外界的認同，同時卻缺乏對他人情感的共情能力。Wallace可能對你們的付出視而不見，他的心理結構讓他無法意識到別人的情感需求。事實上，他內心缺乏安全感，他需要用外界的讚賞和對完美的追求來掩蓋這種脆弱。」

父親插嘴：「那他為什麼總是看不起別人？他曾經說我們『不配做他的父母』？」

醫生解釋：「這是自戀形人格障礙的一種防禦機制。他不是真正看不起，而是害怕別人的批評或不認同會動搖他對自我價值的信念。所以，他會用一種高高在上的態度來保護自己內心的脆弱。對他來說，承認自己的不足是非常困難的。」

母親緩緩點頭：「我們可以怎樣做？不止 Wallace感到孤單，我們也很痛苦。」

醫生溫和地回應：「是的，患有自戀型人格障礙的患者通常很孤獨，因為他們的行為模式讓他們難以建立真正親密的關係。」

「強迫症和自戀型人格障礙在 Wallace身上交織在一起。」醫生繼續說，「他的強迫症讓他需要環境中的一切達到完美，以減少焦慮；而自戀型人格障礙則讓他需要他人對他的行為絕對配合，不只對別人缺乏同理心，還理所當然地剝削身邊的人，這兩者的結合使得他對周圍的人——尤其是你們——提出非常苛刻的要求。」

父親嘆氣：「那我們該怎麼辦呢？怎麼才能幫助他？」

醫生微笑著說：「首先，強迫症和自戀型人格障礙雖然複雜，但並不是無法治療的。我們的治療目標是首先是處理 Wallace的強迫症，之後讓他建立更健康的人際互動。」

醫生的幾個建議

接受藥物和心理治療

高劑量的血清素對強迫症有一定療效。同時認知行為治療（CBT）對強迫症非常有效，能幫助 Wallace辨識並挑戰他的強迫性思維。

對於自戀型人格障礙，治療需要更長時間，目的是幫助他逐漸建立對他人情感的共情能力，並降低對外界認同的依賴。

家人的支持

「你們作為家人，可以提供情感支持，但不要完全迎合他的每一個要求。」

醫生提醒道，「這並不是說要和他對抗，而是幫助他認識到，現實世界是怎樣的一回事！」

建立界限

「當他對你們的要求過高時，可以溫和但堅定地告訴他，這些要求並不合理。」醫生建議，「Wallace服用適當的藥物，可以降低他的強迫思想和焦慮，這樣他比較容易學會尊重別人的界限，而不是將一切控制權握在手中。」

保持耐心

「這會是一個漫長的過程，但只要我們堅持，Wallace是有希望改善的。」

母親擦了擦眼淚，點了點頭：「醫生，謝謝你。我們會努力幫助他。」

什麼是強迫症？

強迫症（Obsessive-Compulsive Disorder，簡稱 OCD）是一種以強迫思想和儀式性行為為主要特徵的心理障礙。

患者通常會陷入無法控制的重複思維或行為，儘管他們意識到這些行為不合理，但卻難以停止。常見的強迫症表現形式及其心理機制，特徵包括：

強迫思想

反覆出現的、不受控制的想法或畫面，通常會令人焦慮或不安。例如：

對數字的執著：喜愛特定數字（如雙數、三的倍數），或極力避開一些被認為「不吉利」的數字（如 4或 14）。

極端或荒誕的想法：腦海中可能出現奇怪的念頭，如跳進火車軌、當眾脫衣服，甚至浮現令人不安的影像（例如成年男性與老年女性發生性行為）。這些想法雖不會付諸行動，但會引發強烈的內疚和恐懼。

儀式性行為

為了緩解強迫思想引發的焦慮，患者往往會進行某些固定的行為，稱為「儀式」。這些行為並非源於邏輯，而是為了獲得心理上的短暫安慰。

常見儀式包括：

清潔與潔癖：反覆洗手、害怕接觸「不乾淨」的物品，擔心被細菌或污垢污染。

檢查與確認：反覆確認門窗是否鎖好、火爐是否關閉或電器是否拔除。

排列與對稱：如 Wallace一樣，對物品的排列方式有極高要求，物件需按特定順序或角度擺放。若不符合要求，便會感到極度不安。

儲物癖：無法丟棄物品，認為每件物品都有特殊意義，害怕丟掉後可能帶來不幸。

強迫症的五大類型

1. 污染型：害怕接觸細菌、污垢或病菌，是最常見的類型。
2. 檢查型：擔心安全隱患，反覆檢查門鎖、電器等，耗費大量時間。
3. 排列型：追求物品的完美排列，強調對稱與秩序感，稍有偏差便感到焦躁不安。
4. 儲物型：不斷囤積物品，無論有用與否，都難以捨棄。
5. 思想型：持續被特定念頭或影像困擾，例如涉及暴力、性或宗教的奇怪想法。雖然患者通常不會將這些想法付諸實行，但這種內心衝突仍帶來極大壓力。

強迫症的病因

生物學因素：強迫症與腦內神經遞質（如 5-羥色胺，即所謂的血清素）的失衡密切相關。Wallace在壓力情境下，其腦前額葉的血清素不足，不能抑制腦底核的異常活躍，導致他無法抑制強迫性思維和行為。

心理因素：Wallace從小在一個父母相當溺愛的家庭環境中長大，缺乏恰當的教養，令他對強迫性的秩序的要求沒有界線，還越來越猖獗：他認為一旦物品排列錯亂，生活就會失去控制，並怪罪於父母。

人格特質：Wallace的自戀人格特徵使他不僅在內心追求完美，患上強迫症令他對人更為操控，沒有同理心，認為什麼都是環境的錯，別人只被視為達到自己目標的手段。

遺傳因素：Wallace的家族中有多名成員患有類似的焦慮型心理障礙，顯示遺傳在他的病情中可能扮演了重要角色。事實上，強迫症的病因尚未完全明確，但與生物學（如腦內神經遞質失衡）、心理因素（如過度追求完美）以及遺傳均有關。

Wallace的強迫症與自戀人格

Wallace覺得自己才華洋溢，但其內心極其脆弱，充滿掙扎。他患有強迫症，對事物的排列與秩序有極端執著，甚至到了非理性的程度。與此同時，他還伴隨有自戀型人格特質，這使他的強迫行為不僅源於對失控的恐懼，還增強了他對身邊人的操控與剝削。

治療方法

認知行為治療（CBT）

Wallace的治療首先聚焦於改變他對秩序與排列的非理性思維模式。在治療中，讓他意識到物件的排列並不會真正影響他的安全感或生活秩序。

暴露與反應預防療法（ERP）

治療師會設計一個漸進式的暴露計劃。例如，讓 Wallace故意將物件排列「錯誤」，並要求他忍住不去糾正。同時，幫助他學會用其他方式（如深呼吸或正念練習）來應對因「錯誤」所帶來的焦慮。

對話情節

治療師：「Wallace，如果物件不按你的標準排列，會發生什麼事？」

Wallace：（思索後）「我會覺得一切都不在掌控之中，然後我就很焦慮。」

治療師：「那我們試試看，讓它保持『錯誤』的排列，然後觀察你的感受。」

治療初期的焦慮十分強烈，但會逐漸減少。通過反復的練習，Wallace逐漸學會減少對儀式性行為的依賴。

藥物治療

Wallace服用選擇性 5-羥色胺再攝取抑制劑（SSRI），以穩定他的情緒和減輕強迫性思維。藥物幫助他能更好地參與心理治療。

自戀人格的挑戰與干預

Wallace的自戀人格特徵使治療過程更具挑戰性。他不願承認自己的問題，甚至在治療初期認為是他人不夠理解其「高標準」。治療師需要在建立信任的基礎上，引導他認識到自己的行為對他人造成的壓力和傷害。

對話情節

治療師：「Wallace，你覺得你的標準對他人來說有壓力嗎？」

Wallace：「我只是希望他們更整齊。」

治療師：「或許你可以試著理解，他們的方式和你不同，但並不意味著誰對誰錯。」

透過這樣的對話，逐步引導他發展出同理心，並學會用更健康的方式處理人際關係。

Wallace的案例揭示了強迫症與人格障礙的交互影響。在治療過程中，結合認知行為治療與藥物干預，不僅可以幫助他減輕強迫性行為，還能修復他的人際關係。這一過程並非易事，但通過持續的努力與專業支持，Wallace終將能恢復內心的平衡，並學會用更積極的方式與世界相處。

兩年後，在社區精神科醫院內

Wallace由小欖精神病院轉到社區醫院去，他坐在病房角落，眼神空洞地盯著地板。這裡的生活單調枯燥，但他並不介意，因為所有的東西都可以預測。

醫生走進來，試探地問道：「Wallace，我們想安排你到中途宿舍去住，學會適應社區生活，你在宿舍還可以繼續唸書，你覺得怎麼樣？」

Wallace的眼神瞬間變得鋭利，「不去！我要回家！」

「但你的病情還沒有穩定……」

「我説了，要麼回家，要麼繼續住這裡！」他雙手抱住頭，聲音沙啞而激動。

「除了回家和住院，為什麼你沒有其他的選擇？」醫生問。

「沒有就是沒有！」Wallace很不耐煩。「中途宿舍的人都很低等。」

醫生嘆了口氣，輕輕搖頭。他們已經嘗試過無數次勸説，但Wallace的強迫症頗為頑治，加上他對父母的暴力傾向，讓他無法回家。

其實，暴力傾向在強迫症並不常見，當暴力真正出現時，患者是在極度焦慮沮喪下，加上情緒調節失效，如 Wallace那樣自我中心和缺乏同理心，沒有想像到他的暴力爆發對別人的影響和後果，就會令當事人更容易出現暴力傾向。

強迫症（Obsessive-Compulsive Disorder, OCD）的預後

強迫症是一種慢性精神病。強迫症（OCD）可以在任何年齡出現，但通常在兒童晚期或成年早期開始。發作通常是漸進的，但有時也可能突然開始，是一種慢性心理健康疾病。

OCD預後可能因多種因素而異，包括症狀的嚴重程度、是否存在共病，以及治療的有效性。

影響預後的主要因素

症狀的嚴重性與持續性

輕度至中度強迫症：此類患者通常對治療反應良好，包括認知行為治療（Cognitive Behavioral Therapy, CBT）和藥物治療，許多患者能顯著減輕症狀。

重度強迫症：較嚴重案例可能對治療產生抗拒，需更高強度治療。

早期診斷與治療

早期介入通常可帶來更好的結果。延誤治療可能導致症狀惡化，令康復變得更加困難。

共病情況

抑鬱症、廣泛性焦慮症或物質使用障礙、完美執着型人格、類分裂人格障礙（Schizotypal Personality Disorder)、自戀人格障礙等共病可能複雜化治療，進一步影響預後。

相反，若能同時治療這些共病，則能顯著改善整體結果。

治療依從性

堅持接受治療（包括心理治療與藥物治療）可顯著改善預後。

不遵循治療計劃或中斷治療的患者更有可能出現慢性症狀。

社會支持

家庭和朋友的支持系統能提供鼓勵並減少孤立感，有助於患者的康復。不過家人朋友要跟患者的強迫要求保持健康界線。

病識感

患者若對自身疾病有良好的認知，更有可能積極參與治療並獲益。缺乏病識感（即患者無法認識到其強迫思維和行為的不合理性）則可能增加治療難度。大約 15%至 36%的強迫症患者缺乏病識感，這情況與更嚴重的強迫症症狀、更高的共病率等較差的臨床特徵相關。

典型病程與結果

慢性特性

強迫症通常是一種慢性疾病，症狀可能持續多年甚至數十年。然而，通過適當的治療，許多患者能夠實現長期的症狀控制或緩解。

治療帶來的改善

研究表明，40-60%的患者在接受適當治療後症狀顯著改善，特別是 CBT與選擇性 5-羥色胺再攝取抑制劑（SSRIs）聯合治療。

約 20-30%的患者可達到症狀緩解，幾乎無症狀。

約 10-20%的患者可能患有治療抵抗性強迫症，需要更高強度的治療方式，例如深腦刺激（Deep Brain Stimulation, DBS）或經顱磁刺激（Transcranial Magnetic Stimulation, TMS）。

對功能的影響

未治療的強迫症可能嚴重損害日常生活，包括工作、社交和整體生活質量。

接受治療後，多數患者能恢復相對正常的功能，儘管某些殘餘症狀可能仍然存在。

長期展望

復發風險

強迫症的復發率較高，尤其是在停止治療後。持續的維持治療和定期的認知行為治療（CBT）有助於預防復發。

壓力大的生活事件可能加重症狀，強調了壓力管理的重要性。

治療抵抗性強迫症

對標準治療無效的患者，可以選擇密集住院計劃、DBS（Sleep Brain Stimulation），或實驗性治療，可能提供緩解。

兒童期發病的強迫症

童期發病的強迫症預後通常不如成人期發病。早期且積極的治療對改善長期結果至關重要。

儘管強迫症是一種慢性疾病，但通過及時和有效的干預，其預後仍然是樂觀的。然而，復發風險仍需重視，治療通常是長期的，並根據患者的需求靈活調整。

頑治的強迫症

一個長期住院的強迫性患者，病房裡，燈光柔和，氣氛卻沈重得難以承擔。Terence坐在床上，低著頭，雙手緊緊攥著床單，彷彿那薄薄的布料能給他一點安定。他十九歲，臉龐年輕，神情卻透著疲乏與掙扎。他的母親站在一旁，望著兒子的側臉，眼中滿是焦灼與無奈。

「媽媽，我真的控制不住自己……」他的聲音低沉，帶著微微的顫抖與哽咽。

母親的眼睛泛著淚光，輕聲說：「Terence，你已經這樣好多年了，從你八歲開始，我就看到你每天為這些事情折磨自己……」她頓了頓，聲音緊了幾分，「但最近你暈倒在地上，把我嚇壞了！你知道你的血色素有多低嗎？才 5g/dl 啊！正常男人至少是 13.8 g/dl。」

Terence的手開始輕微發抖，他咬著嘴唇，努力不讓眼淚掉下來。「我知道，我知道，可是……我怕肛門裡有糞便！如果不乾淨，我就覺得自己……自己沒辦法活下去……」

醫生推門進來，手中握著一份報告，臉色凝重，語氣平穩而清晰。

「Terence，我們查出你最近的貧血問題，是因為慢性出血導致的。」

Terence愣住了，抬頭望著醫生，困惑地問：「出血？可是……我沒有受傷啊？」

醫生注視著他，語氣不帶起伏地答道：「是因為你用手指清理肛門，導致慢性損傷和出血。這已經不是普通的強迫症問題，這對你的身體造成了極大的傷害。」

Terence一時無言。他腦海中浮現出自己每日的清理習慣：反覆擦拭、反覆確認，甚至動用手指檢查。他曾經以為那只是讓心情安定下來的一種方式，如今才發現，身體正在無聲地潰敗。

醫生繼續説：「Terence，你必須明白，這樣下去不僅是對你的心理健康有害，還會讓你的身體無法恢復。洗澡超過一小時、吃飯花兩小時、手指不停地挖肛門……你必須要輸血，不然你的生命會受到威脅。」

他的聲音微微顫抖起來：「可是……我該怎麼辦？」

淚水終於落下。那是一個年輕人，在身心交困中無處可逃的哀求。他早已筋疲力盡，卻不知該如何結束這場反覆的折磨。

強迫症與類分裂型人格障礙

Larry，三十歲，任職文職，與母親同住在狹小的公寓裡。從小便難與人親近，長大後情況未見改善。母親提到，他的房間堆滿了消毒用品，任何人若要進入，必須「徹底洗手」。

最近，Larry出現新的行為變化。他每走兩步，便單腳跳一下，否則心中便會泛起一種難以名狀的不安，彷彿「災難即將降臨」。某天，母親見他在客廳跳動，難以忍受，將他送往急症室。之後，他被轉介至精神科接受評估。

診室中，Larry顯得緊張。他說：「醫生，我真的控制不了自己……每天都害怕，萬一我做錯什麼，家人就會出事。」

他表示，每日洗手超過五十次，門鎖反覆檢查十遍，家具擺設必須「正確」，否則無法安心離家。他清楚這些行為過度，但若不遵循，焦慮感便難以承受。

在對談過程中，Larry提到自己有「第六感」：「我能感覺到別人的情緒，空氣中的震動會告訴我一切。」因此，他避免與人接觸：「太多能量會干擾我的思維。」

他相信，母親早上夾傷手指，是因為他前一晚未完成「保護儀式」。

Larry社交退縮，無朋友，工作上與同事疏離。他認為同事在背後議論他，說話多隱喻，思路不循常規。

母親回憶，Larry自小孤僻，常一人在房內畫符號，上學後逐漸沉迷於各種避厄儀式。

精神狀態檢查顯示：外表無異常，情緒焦慮，思維雖連貫，卻充滿魔法思維與猜疑。他對強迫行為尚存自知力，對魔法信念則堅信不疑。判斷力受異常想法影響。

醫生向 Larry母親說明診斷結果：「Larry同時患有強迫症（OCD）與類分裂型人格障礙（STPD）。他的『跳步』行為源於強迫症——用儀式來減輕焦慮。而對『能量』的感知和『第六感』則屬於類分裂型人格障礙的典型魔法思維特徵。」

母親問：「這些病能治好嗎？」

醫生答道：「雖然情況複雜，但透過藥物與心理治療，可以大大改善。」

藥物方面，選用選擇性血清素再攝取抑制劑（SSRI），如舍曲林，用以減輕強迫思維與重複行為；同時輔以低劑量的第二代抗精神病藥物（如阿立哌唑），針對他偏執與魔法思維的部份加以干預。這樣的組合，既保守又穩妥。

心理治療則以認知行為治療（CBT）為主軸，其中的暴露與反應預防（ERP）技術成為關鍵部分——讓他一點一點面對那些使他焦慮的觸發源，並學會不靠儀式來逃避。而與此同時，也進行現實檢測的訓練，以及社交技巧的重建。療程不輕鬆，但一步一步走下去，總會看見些許改變。

家庭，是另一個不可或缺的支柱。醫生向母親解釋，她所能給予的支持，不是催促也不是責備，而是耐心與理解，是一個不讓 Larry失去立足之地的容身之所。

母親靜靜聽著，然後點頭，語氣堅定而平靜：「只要能幫他，我一定全力配合。」

日子一天天過去。六個月後，Larry的強迫行為已大為減輕，對於某些他曾深信不疑的魔法信念，亦開始產生質疑。他不再每日緊盯門鎖、反覆洗手，也逐漸能容許房中擺設略有偏差。他開始參加職業治療的訓練班，嘗試重新學習如何與外界互動。

他的母親則加入了病人家屬支援小組。在那裡，她第一次遇見與自己同樣處境的人，她說：「原來，我們並不孤單。」

康復之路仍漫長，未來也未必風平浪靜。但 Larry 總算踏出了他人生中堅實的一步。那是通向一種更穩定、更柔軟、更可承受的日常的第一步。

第二章

吞下釘子的女孩

她用疼痛證明自己還活著

「又要送到外科病房去了！」護士的聲音一如往常，卻透著一種疲憊中不加掩飾的焦慮。

我快步走過病房長廊，只見擔架床被推得飛快，Clara躺在上頭，臉色蒼白，一動不動。

「到底發生了什麼事？」我一邊趕上前，一邊追問，心中已有不祥預感。

「她走到護士站，拿了幾個釘書機的釘子，吞下去了！」護士語氣急促，額頭冒著汗，臉上的不耐煩幾乎無法隱藏。

我沉默了幾秒，喉嚨一時卡住，說不出話來。是 Clara，又是她。

病房裡的護士對 Clara早已滿腔怒火。這個年輕女孩總是無預警地自殘，常常在深夜嘶喊、掀起騷動，把整個病區攪得天翻地覆。她的行為不只令人無力，也逐漸在工作人員之間累積出某種難以言說的厭倦。

前一晚，我還坐在診症室裡，牆的另一端傳來她那尖銳刺耳的叫喊聲，像某種破裂的旋律，一遍又一遍迴盪。

「你哋好衰，我好憎你哋！你哋好衰格！」Clara尖聲咒罵，聲音裡混著怒氣與挑釁。

我看見值班護士滿臉疲憊，嘴唇繃緊。主管護士終於撐不住了，近乎崩潰地說：「再這樣下去，我們怎麼工作？不如把她用束綁帶綁在床上算了！」

那夜我走過去，為 Clara開了一些鎮靜藥。她還在大吼大叫，直到藥力發揮作用，她的聲音漸漸低了下來，終於沉入一種不安靜的安靜。

我等到病房恢復平靜，再走到她的床邊。她臉側著，眼睛半睜，像是仍在與某種不可見的力量對峙。

我輕聲問她：「Clara，你是不是很不舒服？可以告訴我嗎？」

她沒有看我，只冷冷地別過頭，一聲不吭。

我請護士鬆開她的束綁帶，然後對她說：「不如過來診症室談談，好嗎？」

她沒有拒絕，也沒有應允，只是靜靜起身，像是走在夢裡。

診症室裡，我讓她坐下，調暗了燈光。

「你有什麼家人？」我問她，語氣儘量放得柔和。

「我媽媽很早就因癌症去世了，爸爸是個護衛員，哥哥混黑社會，早已離家出走。家裡只剩我和唸中學的妹妹。」Clara的聲音低沉，語速不快，每一個字像是從很遠的地方走來。

我翻開她的病歷，眼角瞥見一行字，便問：「記錄上說你曾經在大學念護士課程，是真的嗎？」

「是的，」她輕輕點頭，語氣裡多了一絲記憶的暖意，「我中學成績不錯，考上了理工大學的護士學位課程。那時候，我真的很開心，覺得人生有了盼望。但後來……同學排擠我，還欺負我。那段時間，我的躁鬱症發作，病情一直沒控制好，最後無奈地只能輟學。」

我聽著，默默點頭。

「躁鬱症是可以治療的，Clara，」我說，「這並不是你的錯。」

她終於抬頭看我，眼神迷茫。「我不知道為什麼，我總有一種空洞的感覺，心情一下子就跌到谷底。我覺得自己就是個廢物，一無是處。」

我想起那些次她吞下的釘子、服下的藥丸，一種深沉的無力感湧上心頭。「我看到記錄上，你不止一次吞下釘子，也曾多次服用過量的藥物。你是真的想結束自己的生命嗎？」

她低下頭，沉默了片刻，然後低語：「我也不知道……」

我點點頭，沒有逼她，也不急著給答案，只緩緩説道：「家庭背景不好，曾經希望畢業後能成為護士，讓家人的生活改善，但卻不幸患上躁鬱症。你一定覺得命運對你很不公平吧？」

她沒有説話，只是低下頭，肩膀輕輕顫抖著。

我沒有再問，也沒有安慰。只是靜靜坐在她對面，陪她一起守著這段沉默。

我們醫師常被訓練，要問準、答快、動手。可在那一刻，我忽然明白，或許 Clara最需要的，不是藥，也不是解釋，而是有人靜靜坐著，承認她的痛苦本身就有存在的價值。

她不是想死，她只是找不到一個可以活下去的理由。

我的工作，或許也不只是治療，而是為她慢慢把那些理由，一點一點找回來。

「你感到不甘心，對嗎？也很憤怒，對吧？」我試著説出口，語氣輕得幾乎像是在問自己。

Clara終於繃不住了。她掩著臉，眼淚像早就等在那裡，一經開閘便洶湧而出。遏抑太久的情緒像洪水，洩得不顧一切。

我靜靜坐著，輕輕拍拍她的肩膀：「哭吧，沒關係，真的沒關係。」

她的肩膀在抖，像風中站立不穩的小樹。那一刻，她不再尖鋭、不再挑釁，也不再像那個把釘子當作武器對抗世界的女孩。她只是哭，一個年輕、破碎、無從言說的靈魂在哭。

我等她哭得略平緩了些，才低聲問：「你知道嗎？病房的護士都討厭你，覺得你讓她們工作很難做。你為什麼要這麼做呢？」

我語氣中有一點點嚴厲，但更多的是想理解。

Clara抬起頭來，眼神裡有淚、有怒、有一種近乎羞恥的悲哀。「因為我討厭自己！」她咬著牙說。

「我知道我惹人厭，可是你知道嗎？我其實最討厭的是我自己！我比誰都要討厭自己！我吞釘子不是想死，而是想懲罰自己，摧殘自己！」

她話還未說完，眼神又紅了。

「還有，她們討厭我，不理會我也會令我好過一點！」她的聲音在顫抖，像從冰裡掙扎出來的魚。她的眼神裡，有火，有哀，也有深深的渴望──想被看見，即使是以最極端的方式。

我的心微微一緊。作為醫師，我見過許多痛苦的臉，但那一刻，我知道自己看到的，是一顆長期被忽略、反覆受傷，最後乾脆拿起刀子對準自己的靈魂。

Clara的診斷是躁鬱症與邊緣型人格障礙。但那些病名並不足以解釋眼前這個女孩精神上的裂痕。那不是一組診斷的排列組合，那是一段從童年以來就注定步步錯位的成長史。

我輕聲問她童年的事。

她沉默了一會兒，像翻著一疊不願再碰的信紙。然後，她緩緩開口。

「那一年，我還不到八歲，媽媽因為癌症去世了。她走的時候，什麼也沒說，就像突然有一天，屋裡那盞最溫暖的燈滅了。」

她的聲音忽然變輕，像在回望一個失落的夢。

「一天，我低聲問父親：媽媽是不是再也不會回來了？

父親疲憊地揉著眉心，勉強擠出一個苦澀的笑容：『是啊，Clara，媽媽去了很遠的地方……』

我點點頭，但眼淚止不住滑落。那時自己年紀太小，無法真正理解死亡的意義，但我知道，從此以後，家裡那個抱著我唱歌的溫暖懷抱再也沒有了。」

母親離開之後，Clara便提早成為了「家中的大人」。

「作為姐姐，我肩負起照顧妹妹的責任。那時候其他孩子還在玩，我卻已經學會怎麼幫妹妹洗頭、哄她睡覺。」

我聽著，心微微地疼。

她突然低聲補了一句：「別人都會羨慕有一個哥哥，但我的哥哥只會欺負我。」語氣裡沒有恨，只有某種早已麻痺的厭倦。

她說，家裡氣氛自從母親過世後，一直是灰色的。父親是護衛員，工時長，回家總是滿身疲憊。

「『爸，你今天怎麼這麼晚？』我小心翼翼地問。

他只是擺了擺手，什麼也沒說，倒在沙發上便睡著了。

「我想要傾訴，想要有人理我一下……但我知道不能打擾他，所以我學會了閉嘴。」Clara望向遠處，像在望一個從來沒給過她答案的大人。

「哥哥入了黑社會，很早就搬走了。每次妹妹問我哥哥去哪裡了，我都說：『他去很遠的地方工作了。』但我知道，那是無法回頭的深淵。」

她輕輕笑了一下，但眼神裡沒有喜悅，只有無奈。

「我一直很愛妹妹，也盡力扮演媽媽的角色。但……我真的太累了。我不能告訴她我有多崩潰，只能一個人咬牙硬撐。」

那一刻，我忽然明白，Clara的尖叫、攻擊、自殘、吞釘子，不是對別人的挑戰，而是一種絕望的求生方式。

她一直努力地活著，但沒有人教過她，什麼叫被愛、什麼叫可以安心地哭。

在那個年紀，她其實並不笨。相反地，她是個聰明而用功的孩子。儘管家境不好，她憑著努力，在會考中脫穎而出，考上了理工大學的護士學位課程。

那一天，她手裡握著錄取通知書，站在樓下陽光斜斜的天井裡，覺得自己的人生，終於有了一個出口。

「我要成為護士，讓爸爸過上好日子，也讓妹妹為我感到驕傲！」她在心裡默默對自己說。

那句話，不過是青春裡一點點的光，但足以讓她撐過許多個漫長的夜晚。

然而現實從不溫柔。進入大學後，她發現身邊的同學多半活潑外向，而她，個性內向、不擅寒暄，很快便成了邊緣的存在。最初是疏離，後來是冷眼，再後來，是公開的排擠。

那些尖酸的語言和冷漠的眼神，如細針般無聲刺入她的日常，讓她的自尊一點點滲血。

一天晚上，她撥通了父親的電話，聲音低得像怕吵醒什麼。

「爸，我想回家⋯⋯我撐不住了。」

電話那頭沉默許久。她等著一個可靠的肩膀，一句「回來吧」的允許。

「Clara，你要堅強點。」父親終於說，語氣疲憊得近乎公事公辦。

那一刻，她崩潰了。她掛斷電話，把自己縮成一團，蜷在宿舍那張單薄的床上。天花板的燈光太白，照得眼睛刺痛，卻照不亮她心裡的那團黑。

她的躁鬱症在那段時間開始劇烈發作。情緒像鋼索上的盪鞦韆，一下子飛得很高，一下子墜得很低。她開始無法專注、無法入眠、無法對任何事物產生信心。

最後，她選擇了輟學。

夢想破碎的聲音，是靜靜的，不像玻璃那樣響亮，而像紙被慢慢撕裂——柔軟而無聲。

「我什麼都做不好，連家人的希望也辜負了⋯⋯」

她時常這樣想，低著頭，像在懲罰自己。

有一次，她被送進精神科病房。護士用束綁帶將她固定在床上時，她心裡冒出一個冷冷的念頭：

「你們這些把我束綁在病床上的護士，其實如果我命好，我會是你們的同事。」

這想法刺得她心裡一陣刺痛，比針刺還痛。

她的情緒開始愈發失控，內心的痛苦找不到出口，像河水被石牆阻擋，日夜積壓，終於決堤而出。她開始自殘，割傷手腕，吞釘子，不是為了尋死。不，她並不是真的想死。

她只是想懲罰自己，想證明自己還有感覺，還能痛。

「我吞釘子不是想死，而是想懲罰自己，摧殘自己。」

「我希望她們罵我，束綁我也好，至少她們會理我。比起被當空氣，我寧願被討厭。」

這些話，她不是一口氣說出來的，而是像從心底慢慢掘出來的石頭，一塊一塊，沉重，真實。

那種空洞感，就像深淵那樣，不見底，不見光，把她整個人一點一點吞噬。她說，她想用痛來填補那個洞，用血與傷，換一點存在感。

「我唯一的方式，就是讓痛苦具體化。透過身體的傷口，釋放內心的折磨。」

說到這裡，她眼神平靜下來，反而沒有眼淚了。她似乎早已習慣這樣的疼痛，就像一個人與深夜對峙久了，終於學會如何閉眼入夢。

我坐在她面前，聽著這一切，只覺得喉頭發緊。許多話卡在嘴邊，說出來太重，不說又太輕。

我明白，這樣的創傷，不是一劑藥、一場談話就能撫平的。她不缺藥，她缺的是一個能真正理解她痛苦的人，一個不為她貼標籤、不為她下判斷，只是安靜地在場的人。

就像此刻，我所能做的，也只是如此而已。

Clara的自殘行為：成因與治療

Clara是 20歲的年輕女性，被診斷患有躁鬱症與邊緣性人格障礙（BPD）。她的自殘行為，包括吞釘子與反覆割傷自己，並非單純的自殺意圖，而是一種對極度情緒痛苦與自我空洞感的反應。由於她的經歷，我常對學生說：「Clara就是教科書裡的邊緣人格與自殘行為的活生生示範。」

但 Clara不只是個例子，她是一個可以理解、也值得被關懷的生命。

一個不穩的起點

Clara的成長背景充滿裂痕。母親因癌症早逝，父親是長工時的保安員，哥哥早年加入黑社會離家出走，家中只剩她與仍在就學的妹妹相依為命。年幼的她早早肩負起照顧妹妹的責任，遏抑自己的需要，也遏抑情緒的出口。

她成績優異，考入理工大學的護士學位課程，曾一度以為人生終於迎來轉機。然而，校園生活卻未給她期待中的溫暖。她因性格內向遭到排擠與欺凌，孤立無援。某次情緒崩潰後，她致電父親：「爸，我想回家……我撐不住了。」電話另一頭的沉默與一句「你要堅強點」，讓她徹底潰堤。

躁鬱症發作逐漸加劇，最終她不得不輟學。理想的崩毀轉為深重的自責與羞恥，「我什麼都做不好，連家人的希望都辜負了……」她說。

理解自殘的五重功能

Clara的自殘行為從來不僅僅是「想死」。她對護士說：「我不是想死，我是想懲罰自己。我討厭自己。」這句話，是無數自傷個案的真實寫照。

從 Clara身上，我們能看見自殘行為的多重心理功能：

情緒調節：她形容內心「空到不能呼吸」，而疼痛成了轉移注意力的手段，一種用身體劇痛蓋過心靈苦痛的方式。

自我懲罰：來自混亂與壓力家庭的她，內化了自責與無價值感。傷害自己，反而讓她覺得「應得的」。

緩解解離感：在強烈遏抑下，Clara常經歷情緒麻木與現實脫節，自殘幫助她「感覺到自己還存在」。

尋求控制感：在失序的生命中，她對身體的操控變成唯一能掌握的事情。吞釘子也讓她在混亂中取得某種「主動」地位。

傳達痛苦與需求：在缺乏語言與信任的環境裡，自殘成了她的「非語言訊號」，一種極端的求救方式。遺憾的是，這種訊號往往被視為「麻煩」而非「需要」。

治療與康復：多層次的介入

Clara的康復歷程證明了多學科合作在處理 BPD 與自殘行為中的關鍵性。以下為她的主要治療架構：

心理治療

辯證行為治療（DBT）：針對 BPD 設計，教導她運用正念調節情緒、建立耐受痛苦的策略、提升人際互動技巧。她學會在情緒升高或解離時使用呼吸與感官回歸技巧，減少自傷衝動。

認知行為治療（CBT）：用以處理她的負面信念，如「我一無是處」、「我必須被懲罰」等，幫助她重新建立自我觀點。

藥物治療

情緒穩定劑用以緩和躁鬱週期，並搭配低劑量抗抑鬱藥，控制急性焦慮與情緒低落。

支持性介入

家庭治療：協助父親與妹妹理解 Clara的情緒困難，增進家庭支持與情緒交流，減少誤解與排斥。

職能與表達性治療：鼓勵她透過藝術創作、書寫、園藝等活動表達內在感受，逐步恢復日常生活的節奏與信心。

危機處理

建立個人化「安全計劃」，如高風險時的連絡人清單、自我安撫方法、危機訊號提示卡等，並與醫療團隊保持即時聯絡。

長期康復計畫

設立小型可行目標（如每週參加一次團體活動、每天記錄情緒波動），協助她一步步重建生活感與成就感。最終目標是重返護士學位課程。

重拾希望的旅途

Clara的故事讓我們明白：自殘並非表面上的挑釁或任性，而是來自複雜心理創傷與環境交織的結果。對於像 Clara一樣的年輕人，早期介入、無偏見的理解、穩定關係的建立，是翻轉命運的起點。

她的康復之路仍長，但每一次不再傷害自己、每一次願意來到晤談室，都是一次向生命靠近的證明。Clara教會我們，真正的療癒，不是將創傷抹除，而是學會與它共存，並在共存中重建意義。

自斬腳趾的大人物

如果人生是一場舞台劇，那麼Derek無疑是那站在聚光燈下的主角。他的語言誇張，步伐篤定，聲音總比別人大一倍。年過四十，戴著厚厚的眼鏡，一頂漁夫帽總是不離頭頂。每當我想起他，總有些無奈，但也會微微笑出來。

他的妄想，荒謬而華麗，像是一部永不落幕的奇幻劇。他的世界與我們的不同，那裡的邏輯獨立運作，不需要現實來印證。

初次相遇：「你唔識 sturdy？」

「醫生，你唔使擔心我，我身體好 sturdy嘅！」

那是我們第一次見面。他一進門便坐得筆直，語氣裡滿是自信與勝券在握的從容。

「Sturdy是什麼意思？」我忍不住問，雖不至於不懂，但想看看他怎樣回答。

「你有冇搞錯，sturdy 都唔識？仲話自己係大學生！」他哈哈大笑，聲音響得像有人在診所裡敲鼓。

他只有中五學歷，但英文詞彙卻異常豐富，說得一口自創的混合語，叫人啼笑皆非。即使荒唐，也不能不承認他那股別緻的機智。

「那你為什麼不工作呢？」我問他。

「我唔使做嘢嘅！下個月，港督彭定康會畀我一億元，直接匯入我戶口！」

他一臉篤定，彷彿這筆錢已經在他銀包裡抖了好幾聲。

我強忍笑意，只點點頭。在他的宇宙裡，邏輯是靈活的，奇蹟每日上演，沒有人懷疑。

豪宅與黃皮樹：他的奇蹟日常

之後每次見面，他總有新計劃、新消息、新預言。他的未來從不枯竭，像一本無限延伸的童話書。

「醫生，我下個月要搬屋啦！」他說這句時，眉毛都飛揚起來。

「搬去哪裡？」

「淺水灣！李嘉誠親口話畀我聽嘅。」

我笑了笑。他其實住在跑馬地的一個二千呎單位裡，家中還有大露台，望出去正對馬場。但他的夢想更大——山頂、淺水灣、星際移民……無限延伸。

有一次，因為他長期沒有覆診，也不肯打針，我和社康護士決定親自家訪。他開門時神情不悅：「你哋搵我做咩？」

我靈機一動，笑著說：「我哋嚟參觀你間屋吖！」

這招果然奏效。他帶我們走到露台，揮手指著一棵茂盛的黃皮樹，一臉得意。

「嘩，咁靚嘅樹，你喺邊度買嘅？」我問。

「冇乜嘢啫，夜晚我自己去維多利亞公園移植返嚟。」他語氣輕描淡寫，像在説去街市買菜。

那一刻，我無話可説，只是心裡浮出一句老話：「天真者，無畏。」

在別人看來，他的妄想是病。但在我看來，那是他對現實的一種自我拯救。他不願活在灰暗的日子裡，於是為自己搭建了一座紙做的宮殿。雖然易破，但在他心中，勝過一切磚瓦水泥。

每次與 Derek的對話，看似胡言亂語，其實都是他在用自己的語言説：「我還活著，我還可以做夢。」

而我，也只能學會以他的方式，陪他一起活在那個光怪陸離的世界裡。不是矯正，不是矯情，而是理解，靜靜地，不戳破。

Derek的房間彷彿是一個古怪而私密的博物館，牆上掛滿了他「珍藏」的名家書畫，從齊白石到徐悲鴻，筆觸濃烈，簽名斑斑，真假難辨。但在他的眼裡，每一幅都是真跡，每一張都價值連城。

「以前更多，現在典當賣了不少。」他有一次輕描淡寫地説，聲音裡聽不出遺憾，倒像是説起一件日常的交易。但我聽得出，那語氣背後的鬆動——他的生活不只有妄想，還有一些現實的重量與無奈，靜靜地壓著他不願面對的某一部分自己。

那天，他遞給我一幅畫，説要送給我。我一愣，接過來，只見畫上是吳冠中的風景構圖，還算穩重，只是那一角原有的簽名被人用毛筆重重劃掉，像是刻意塗去某種權威。

旁邊新寫了一行字：「送給 Dr. May：DerekChan。」

筆跡大而生硬，墨色還未乾。他望著我，眼裡帶著一種掩不住的得意，像個剛完成一件傑作的小學生，等待表揚。

我忍不住笑了，哭笑不得。

那一刻，我不再把他看作那位戴著魚夫帽、總是談論李嘉誠和港督的「大人物」，而是看到了一個男孩，一個活在妄想裡的孩子，內心卻渴望被認可，被人記得。

即使方式荒謬，情感卻是真誠的。他不是來挑釁，而是來交朋友；不是想冒充，而是想被珍視。

他那支筆，也許寫不出名家作品，但在那一刻，它替他寫下了一種脆弱的請求：

請收下我，哪怕只是一張被「篡改了」的名畫。

斬腳趾避沙蟲！

Derek的世界從來不只是明亮荒誕，有時也滲著某種難以觸及的黑暗。有一天，他照常走進診所，只是腳步聲異樣的輕微，彷彿鞋底空空。我低頭一看，竟然發現他雙腳裹著厚厚一層報紙。

「Derek，你為什麼不穿鞋？」我忍不住問，語氣平靜中藏著不安。

他語氣輕鬆，彷彿早就想好答案：「我把腳趾全砍掉了。」

那一刻，我幾乎以為自己聽錯了。我的胸口一緊，眼前的他依舊戴著帽子，神色安然，一如往常，只是多了那雙報紙包著的腳。

「為什麼這麼做？」我努力遏抑著語氣裡的震驚與焦急。

「有訊息指示我這麼做。」他說得平靜極了，像是在說「有人打電話叫我吃午飯」。

「還有啊，我的腳趾很不舒服，有好多蟲在皮膚下面蠕動。」他繼續說，眉頭微皺，但並無痛苦的神情。

原來，他真的是用菜刀，把自己的腳趾一一砍下。事後，他只是簡單地抹上紅藥水，再隨手扯來幾張報紙，將血與痛包裹起來，然後走進診所，如同平日那樣談天說地。

我立刻安排他入院，請骨科會診處理。醫生看過他的傷後只輕聲感歎：「他這刀法太乾淨了，幾乎不需要再處理斷口。」

但我最震撼的，不是他的技術，而是他的神情——那種面對巨大疼痛卻毫無所動的神情。

那一刻我突然想，如果這個人沒有患上思覺失調，如果他的才智與手藝被放在正軌上，他會不會成為一個技術嫻熟、甚至出類拔萃的外科醫生？只可惜，他的潛能，被一場無法預測的精神風暴帶離了正道。

跟 Derek相處，是一場持續進行中的冒險，有時像與一位天馬行空的小說家對話，有時又像與一位深陷戰火的難民對坐。他的故事總是天馬行空、荒誕離奇，卻總在某個細節上，讓人哽咽。

他的妄想與幻覺從不沉重。他談話時總帶笑意——即使說的是李嘉誠邀請他到山頂住的事，或是他剛剛砍斷了自己的腳趾。他對這個世界的信任與自信，從未被破壞，哪怕這個世界早已背棄了他。

作為醫生，我無法改變他的大腦結構，也無法將他拉出那個用妄想編織的宇宙。但我能做的，就是一次又一次地坐在他面前，聽他講故事，陪他走過那荒唐邊緣的邊界。

每當他說：「醫生，下星期我就會收到那一億元啦。」我便點點頭，說：「那你記得來診所分一杯羹給我。」

我知道，他的世界我永遠無法真正進入。但他說話時，眼神裡那麼明亮，我想，他至少知道，這裡有一個人，不嘲笑他，也不急著拉他出來，只是安靜地聽他說完。

這就夠了。

Derek為什麼會自殘？

Derek的故事，不僅是精神病的紀錄，更是一場痛覺、幻覺與妄想交織下的身體叛亂。他親手用菜刀切除自己的腳趾，隨手抹上紅藥水，再用報紙一層層包裹著走進診所。這場荒誕的儀式，正是他與「身體感知失序」對話的方式，一種我們無法輕易理解，但也無法忽視的求救訊號。

精神病發作與指令性妄想

「有訊息指示我這麼做。」他說得輕描淡寫。

Derek的這番話，揭示了思覺失調中常見的「指令性妄想幻覺」。這類妄想讓患者相信外在力量（例如政府、神明、電子訊號）正在下達命令，並非象徵性的暗示，而是具體明確、不可違抗的「指令」。在這樣的心理現實中，自殘不是破壞性的行為，而是服從，是保護，是「解決問題」的手段。

他並不覺得自己在做錯什麼，他甚至相信自己做了一件對的事。

皮膚幻覺與錯誤感知

「腳趾裡面有好多蟲，在爬來爬去。」他這樣說時，眉頭微蹙，語氣卻平靜。

這句話讓人聯想到一種常見但鮮為外人所知的現象——formication，即皮膚幻覺。在思覺失調或物質誘發性精神病中，患者常感受到身體有異物、蟲子、電流等難以解釋的感覺。這些幻覺有時來自神經訊號錯亂，有時來自對皮膚反應的過度放大。

我曾在病房裡見過另一名病人，他用橡皮筋纏住陰莖，只因他覺得那個部位「被控制了」，直至組織壞死才送來治療。這些極端行為，背後並非瘋狂，而是痛苦的錯覺邏輯：錯位的知覺催促他們對身體動手，就像常人會掀開一塊刺癢的繃帶一樣。

疼痛的缺席

令人震驚的是，Derek在自殘後仍能行走自如、面不改色。他不叫痛、不流淚，甚至還談笑風生。

這種對疼痛的麻木，並非他意志堅強，而是思覺失調中疼痛感知下降的常見表現。有研究顯示，精神病患者的大腦阿片類神經系統可能異常，使得疼痛訊號被抑制或忽略。而當外界試圖以常理勸阻，患者常無法理解：「哪裡痛？我感覺不到。」

控制感的錯位

在精神病的混亂洪流中，自殘行為有時反映出一種深層的渴望——對身體與現實的重新掌控。當幻覺與妄想剝奪了他對世界的控制感，他唯一能確定的，就是自己的身體。而對身體的破壞，也變成一種扭曲的「重建秩序」方式。

Derek或許無法控制妄想的來去，但他能控制腳趾的去留。這就是他的秩序。

從身體回到人性

Derek的案例讓我們直視精神病的現實，不再是抽象的診斷，而是一個人，在錯亂感知中，設法維持尊嚴與完整的努力。他不是隨意自殘，而是在與世界搏鬥。他用身體說話，說出「我不舒服」、「我需要控制」、「我正在努力求生」。

作為醫者，我們的任務不是消滅這些行為，而是理解其背後的痛苦與邏輯，進而提供一條安全、溫柔的替代之路。

穩定與康復：如何介入

在治療上，我們為 Derek制定了整合性復康方案。

抗精神病藥物：穩定其妄想與幻覺系統，特別是含指令內容的幻聽。

疼痛與感知評估：持續追蹤其身體感知與身體解離傾向，避免將來發生類似事件。

環境與日常生活介入：加強生活結構與活動規律，減少解離與孤獨誘發因子。

心理治療與支持性晤談：即使他難以參與認知治療，單純的陪伴、傾聽與尊重也在悄然發揮作用。

危機處理計劃：建立明確的警訊回應機制與社區支援網絡，提升即時反應能力。

Derek聰明，擅長英語，有自己的世界觀。哪怕妄想離地，他說話的方式總帶點幽默感，有時像一位被誤放在錯時代的哲人。

他把畫裡吳冠中的簽名抹去，重新簽上自己的名字；他的房裡掛滿「典當前的回憶」；他說的每一句話，都混雜著妄想、創造力與某種幼稚的渴望——渴望被當成一個完整的人對待。

願我們的藥物、晤談與時間，最終能穩住他的風暴，使他在這條思覺失調的生命旅程裡，找到屬於自己的平靜與尊嚴。

蟻爬全身的痛苦：Daniel的故事

Daniel 走進診室時，神情疲憊，身形單薄，雙眼血絲密佈。他的臉上刻著長期失眠與毒品侵蝕的痕跡，一道道像風乾的河床。靠著綜援維生，又長期吸食冰毒，他的生活早已失去重心，如同在懸崖邊上試圖平衡，每一步都走得艱難。

他一落座，便開始抓大腿，動作急切，神情慌亂。

「醫生，我的身體裡有蟲子，真的有蟲子在動！」他說。

我穩了穩聲音問他：「什麼樣的蟲子？你是怎麼感覺到的？」

他沒有遲疑。「就是螞蟻！牠們在我皮膚下面爬來爬去，晚上吵得我睡不著。我用刀割開腿，抓到了一隻！」他指著腿上的傷口説道，那些裂開的肉與未癒的結痂，是他對自己動手的證據。

我一時無言。這是典型的寄生蟲妄想症——長期冰毒使用導致的感知障礙與妄想綜合症。他的腦袋讓他相信有蟲子潛伏於皮膚下，而他便一刀一刀地，試圖將牠們挖出來。

他繼續説：「醫生，我去過好多醫院，他們説我沒事，但明明有蟲啊！那些醫生根本不相信我！」

我盯著他説：「Daniel，我相信你感覺到的是真實的，但有些感覺其實是你的大腦在欺騙你。我們需要一起找出原因，幫助你渡過這個困難。」

他像是稍稍平靜了些，開始説得更多。他説這些蟲子每天都在動，尤其是夜裡。那時他完全撐不住，只能用指甲在身上挖、摳。手臂、肩膀，到處都是他試圖「抓蟲」留下的痕跡，坑坑窪窪，紅中帶膿。

「我真的沒辦法了，醫生。牠們每天都在，我快瘋了！」他雙手掩住臉，語氣快崩潰了。

我心裡明白，他所承受的不止是皮膚上的不適，而是一種整體性的崩壞。他的世界裡，「蟲子」是真實的，而他對生活的掌控感早已瓦解。他所害怕的，不只是幻覺，而是他再也無法信任自己的身體、頭腦與感覺。

我對他説：「Daniel，我們需要從幾個方面一起努力。首先，你必須停止吸毒，這是最重要的。只有這樣，我們才能真正幫助你擺脱這些蟲子感覺。」

他低聲回應：「可是……醫生，我不知道怎麼戒掉……」話裡帶著一種筋疲力盡的無力。

我安撫他說：「沒關係，我們有專門的團隊會幫助你。除此以外，我們還會給你一些藥物，減少這些蟻走感的感覺和你對蟲子的恐懼。」

我為他擬了一份治療方案：

抗精神病藥物，幫他緩和妄想與幻覺；

外用薄荷乳膏，鎮靜神經，處理皮膚上的傷與潰爛；

安排戒毒中心的轉介，讓他接受專業輔導與替代療法；

心理治療方面，以認知行為模式逐步拆解他內在對蟲子感覺的信念與焦慮。

兩個月後，Daniel再回來，臉上的神情比上次安穩許多。他坐下來，不再馬上提起蟲子，而是說：

「醫生，我好像能睡著了，那些蟲子的感覺也少了很多。」

我點點頭。

「這是你的努力，Daniel。」我說。

他看了我一眼，輕聲道：「謝謝你。」

那句話沒有情緒，卻也不空洞。他是知道自己還有很長的路，但也知道，至少還有人聽他說身上有「蟲子」而不會嘲笑。

有時候，我們不是去治好誰，而是陪一個人從妄想裡走回現實的邊緣，哪怕只是一點點，也好。這個時候，我明白了，醫療的意義並不僅僅在於治癒，而在於給予患者重新生活的希望。對於像 Daniel這樣的患者，每一步微小的改變，都可能改寫他們的未來。

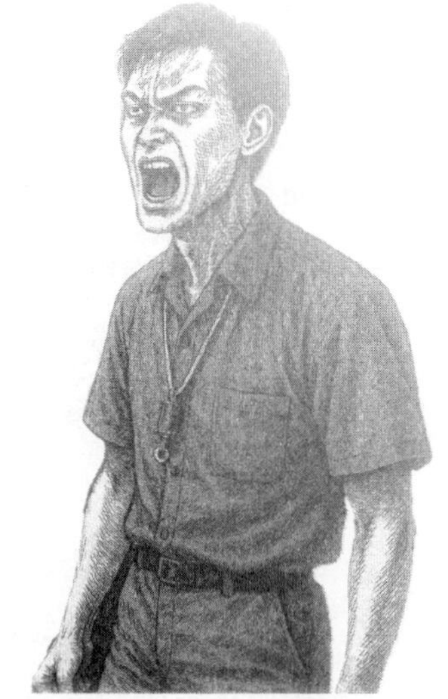

第三章

丁蟹的親情錯位

當摯愛變成致命

自然界有一條鐵律：母獸會為保護幼崽而不惜一切。北極熊母親可在四個月內絕食守護幼崽，獼猴群體會集體驅逐或攻擊接近幼猴的入侵者。然而在人類社會中，這條本能卻有時出現病理性的斷裂。

當一些父母不僅未能保護孩子，反而成為他們生命的威脅者時，這種現象已非單靠「瘋狂」所能解釋。

臨床上，弒親（特別是殺害子女）可分為幾類病理或動機。

類型	特徵	案例表現
產後精神病	幻聽命令殺嬰、妄想孩子是惡魔	母親窒息新生兒時微笑説「在驅魔」
擴大性自殺	憂鬱症患者認為孩子活著會受苦	父母服毒前先餵食孩子安眠藥
代理型孟喬森症	透過傷害孩子獲取醫療關注	母親反覆注射胰島素造成昏迷
工具性清除	為詐保或擺脱撫養冷血行動	父親將殘障兒推入海中偽裝意外

最令人不寒而慄的，是那些冷靜而清醒的決定。加害者明白行為的後果與道德意涵，卻依然選擇執行，這類案件挑戰了人性與理性的邊界。

在經典港劇《大時代》中，丁蟹説的「我用命愛你」，成為心理學上分析弒親動機的重要文化縮影。

這類行為常見的心理邏輯包括：

「如果我活不了，你也不該存在」—— 延伸自殺心理

「世界太髒，我要帶你走」—— 宗教 / 清洗式妄想

「你是我一部分，我有權控制你」—— 極端物化心態

這種混合了控制、扭曲情感與佔有的邏輯，本質是將孩子視為延伸器官而非獨立生命體。

社會系統的兩難困境

如何在不踐踏生育權的前提下，攔截潛在的殺子父母？

現行制度中，以下三個結構性困難尤其明顯：

預測不可能性：即使是資深精神科醫生與社工，也無法準確預測「低風險人群」的極端轉化行為。

隱私與保護的拉鋸：強制性監察容易產生標籤效應，引起家庭恐懼與社會排斥。

文化盲點：部分社會與文化仍將孩子視為「父母財產」，削弱對兒童的獨立人格尊重與保護措施。

結論：弒親不是一場簡單的瘋狂行為，而是理性、病理與社會結構交織的悲劇。若我們希望避免下一宗「護者成害」的悲劇，必須超越「懲罰加害者」的反射式正義，從結構、文化與心理層面共同介入，才能真正守護那些最無辜、也最需要我們保護的生命。

由《大時代》的丁蟹說起

在九十年代初，《大時代》播出後，丁蟹這個名字在不少觀眾心中留下了難以抹去的印象。角色由鄭少秋飾演，他不是傳統意義上的反派，而更像一面鏡子，映照出人性中某些被掩蓋的極端。他的一生從高潮走入深淵，不是因為單一的錯誤，而是一連串自以為是的選擇與命運交錯所致。

丁蟹身形高大，說話鏗鏘，行事果斷。自認「問心無愧」，常掛在嘴邊的是「對得住天地良心」。他說話時語氣堅定，不容置疑。可是在他的世界裡，所謂良心，與旁人的道德感知常常錯開。他一面講義氣，一面做出傷害至親的事；他認定自己「冇錯」，便將所有後果置於他人身上。他的人生觀並不複雜，但卻頑固，總以「我無愧於心」為前設，拒絕反思。

「我打死人，但冇做錯！」這句經典台詞，正是他性格的寫照。這種強硬的自我辯護，讓人看見他內心某種執念，也揭示他在倫理與現實交錯下的盲點。他的嫉妒心與控制欲強烈，無法容忍他人不依他所想，不照他設想的情理行事。這種堅信自己的判準的態度，讓他在人際關係中充滿裂痕。

他與方進新（劉松仁飾）原是結義兄弟，情同手足。方進新為人穩重，處事冷靜，是丁蟹多年好友。但因為一場情感上的誤解，丁蟹將所有的怨懟與怒火投向進新。一次擂台上的較量，原本只是普通切磋，卻因他控制不了怒氣，把對方打至吐血重傷。幾個月後，舊怨未解，兩人再次相遇，丁蟹衝動失手，再次出拳，將進新打死。這場悲劇不僅斷送了進新的性命，也徹底改變了丁蟹的命運。

進新死後，丁蟹選擇潛逃，離開香港，來到台灣。他仍舊個性暴烈，與當地流氓起爭執，再度動武，被警方拘捕。這次，他被判入獄十四年。

十四年時光流逝。他在監獄中依然堅持自己的信念，從不認為自己有錯。他視自己為受冤之人，無悔之人。出獄後，他返回香港。

初時，他曾短暫地嘗試過正常生活。但習性難改，很快又捲入各種綁架與非法活動。他與四名兒子組成「忠青社」，自封領袖，重投江湖，替黑社會洗錢。他深信命運厚待自己，於是開始進軍股市與賭馬。

這時期的丁蟹，運氣異常之好。他單靠幾場賭馬便贏得數千萬元，投資更是一帆風順。他將資金用於成立「五蟹集團」，更成功將其上市，搖身一變成為富豪。

這些財富，並未帶來謙遜。他的傲慢與狂妄與日俱增。他堅信自己是「天選之人」，對世事有絕對的掌控。他不再信規則，只信運氣。每逢股災，他便大手沽空期指，擊垮敵人，賺取暴利。他甚至視金融市場為自己的舞台，無視其風險，只求勝算。

在權力與資產的擴張中，他的偏執愈發明顯。每個質疑他的人，都成為他要打倒的對象；每個不順從的子女，都被他看作背叛。他與兒子的關係，也漸漸扭曲。四個兒子分別名為孝蟹、益蟹、旺蟹、利蟹，起初對父親言聽計從，但在一次次犯罪與操控中，各人內心逐漸動搖。

故事至結尾時，丁蟹已幾近瘋狂。他帶著四名兒子登上天台，準備結束一切。他看著他們，語氣堅定：「跳吧！這是我們最後的自由！」

他親手將次子益蟹推下，其餘兩子也陸續被迫墮樓。長子孝蟹原本抗拒，終亦隨之躍下。丁蟹最後一躍，卻未如所願。他被電纜纏住，墜落時撞入方展博（劉青雲飾）的辦公室，僥倖不死。

這個結局並未帶來釋放，反而是他命運中又一次荒謬的停頓。從高處墮落、死而不死，正如他的一生：被他人牽連，也牽連著他人；他總是說「我冇錯」，卻一步步推向不可挽回的錯。

丁蟹這個人物，並不只是劇中的反派。他更像是某種人格的極致演繹。他的行為未必陌生，只是我們不願承認那一點頑固、那一點偏執，也可能藏在我們自己或我們身邊人的心底。當命運給予我們不合邏輯的順遂，我們是否也會相信自己無所不能？當正義與自我觀感不合時，我們是否也會堅持那一句「我冇做錯」？

《大時代》雖然只是劇集，但丁蟹這個角色留下的，不只是故事。他讓觀眾記得了命運，也記得了代價。

丁蟹的命運，終於走到了盡頭。他不僅失去了財富與家人，連帶著曾一度引以為傲的武藝與精神也在現實的重擊中徹底崩潰。最終的鏡頭，他被送入精神病院，獨自坐在窗邊喃喃自語，口中仍反覆念著那些世人難以理解的「義氣」與「道德」。

丁蟹的象徵與文化影響

丁蟹從來不只是戲劇中的反派。他是一種人性極端的縮影，是一面照見社會扭曲心態的鏡子。他所代表的，不只是個人的偏差，更是一種荒謬邏輯的體現：自以為正義，言行卻全然悖離道德；不知悔改，反以「義氣」之名為自己開脫。

他的台詞一度成為街談巷議的經典，其諷刺意味歷久彌新：

「我打死人，但冇做錯！」

「法官大人，我唔認罪。」

「重點唔喺呢度，浪子回頭金不換！」

這些話語令他成為港劇史上最難以抹去的反派角色，也令觀眾不得不正視其背後反映的人性弱點與社會正義的模糊界線。

丁蟹的人格特質與病態行為的根源

我試圖從心理學的角度，剖析丁蟹的人格特質與病態行為的根源：丁蟹，《大時代》中最鮮明的反面角色，其令人難忘之處，不僅在於其瘋狂的舉止與詭異的辯詞，更在於其潛藏的深層心理障礙。從他偏執的思維方式、暴烈的行為傾向、到徹底扭曲的道德觀念，皆透露出多重人格障礙的蛛絲馬跡。

偏執型人格障礙（Paranoid Personality Disorder）

核心特徵：過度敏感、懷疑一切。丁蟹時常覺得旁人意圖加害於己。對方進新的無端猜忌，最終將對方逼入絕境，正是此人格的極端寫照。自我中心、長懷怨懟，對於他人的忠告充耳不聞，堅信自己始終正確，將所有過錯歸咎於外界，並理直氣壯地聲稱「打死人但冇做錯」。

典型行為：認定方進新「奪走」羅慧玲，卻無視自己對愛情的控制與傷害才是導因。

在法庭上胡言亂語，強詞奪理，妄圖操控陪審團觀感，堅稱自己才是真正的「正義」。

自戀型人格障礙（Narcissistic Personality Disorder）

核心特徵：自我誇大、輕視他人。丁蟹始終將身邊的人視為達成目的的工具。

典型行為：將自身成功歸於個人天命與能力，無視制度規則與團隊合作。

即使走到絕路，仍堅持一貫的自信與自戀，誤以為憑一己之力即可扭轉乾坤。

反社會型人格障礙（Antisocial Personality Disorder）

核心特徵：漠視法律、無視倫理。丁蟹多次犯下嚴重罪行，包括謀殺、綁架與洗黑錢，卻從未流露半分懊悔。

操控他人、手段冷酷：他利用四子為其犯罪，甚至在窮途末路時，將親生兒子推落樓，而神情平靜。

典型行為：在殺死方進新後，仍不忘高舉「浪子回頭金不換」，全然忽視對方家庭的苦痛。

操縱忠青社洗黑錢，把黑社會組織視為致富捷徑。

邊緣型人格障礙（Borderline Personality Disorder）

核心特徵：情緒極端、劇烈起伏。丁蟹時而高亢自負，時而陷入絕望，其行為往往情緒驅動，難以自控。行徑激烈、脫離常理。人生失控之際，他選擇以摧毀一切的方式，結束自己的命運，連帶將兒子一同拖下深淵。

典型行為：妻子離去後，情緒潰決，以暴力處理一切衝突。

當股市投資潰敗、黑幫逼近，他選擇自我了斷，並試圖讓兒子與他一同赴死，視此為「共同解脫」。

丁蟹的心理結構，顯然並非單一病症所能概括。他是多重人格障礙的融合體，是狂妄、偏執、暴力與自義的集合者。他的心靈，是一座無法修復的斷垣殘壁，而他對義氣的執念，只是一種用來粉飾自我崩壞的幻象。

他將兒子逐一推下高樓的那一幕，不禁讓人聯想起現實裡的種種家庭悲劇。那些父親或母親，在精神崩潰邊緣做出難以想像的決定，也曾在親情與瘋狂之間掙扎過。只是，他們沒有戲劇中的鏡頭結束，只有冰冷的報導與悄無聲息的遺憾。

高處擲兄弟的傻哥

兩小兄弟被鄰居從高處擲下

1976 年 6 月 29 日，香港觀塘邨第四座七樓。午後的陽光毒辣無情，把一排排牆磚照得發白，彷彿時間都在高溫中膨脹了。老舊的走廊灑滿日光，孩子的笑聲在水泥牆間來回跳躍，聲音清脆，如同搖晃的風鈴，不知疲倦地宣告著一個夏日午後的尋常與無憂。

幾秒鐘後，一聲尖利的驚叫忽然撕裂空氣，那聲音未及回響，隨之又傳來一聲沉悶的撞擊。有人從高處墜下，砸在樓下鐵皮棚上，聲響轟然，有如悶雷。樓下的街坊一時未回過神來，只怔怔地望著依舊炫目的陽光。陽光仍舊無動於衷，彷彿並不知道，就在剛剛，有兩個孩子的生命被猛然奪走，毫無預兆，也毫無憐惜。

一切，開始得實在太過尋常。彭家三子志明，年僅七歲，吃過午飯後與六歲的妹妹少蘭和五歲的弟弟國輝（阿 B）一同纏著父親討零食。他們的母親剛剛出門，到秀茂坪的魚檔繼續工作。父親近日身體欠安，家務與生計便都落在她一人肩上。她本已上了的士，又忽然想起尚在襁褓中的女兒獨自留在家中，心中一動，便折返一步，將她抱起，帶去魚檔照應。

誰也未曾想到，這一個微小的回頭，便將女嬰從一場不為人知的災厄中，悄然抽離。命運有時也只是這般，輕輕轉過一個身，便改寫了生死的結局。

家中只剩彭八與三名年幼的孩子。他病著，在床上休息。孩子們一如往常地想出去透透氣。

「爸爸，我們在走廊玩，不會走遠的！」志明笑著説，語氣裡有孩童慣常的撒嬌與自信。

彭八睜開一眼，無力地叮囑：「好，不要吵到鄰居，也不許跑到街上去。」

三個孩子得了允許，像出閘的小獸似的衝向門外。他們的笑聲在走廊上回響，陽光從樓梯轉角灑下來，斑駁地落在牆上與他們細碎的頭髮間，一切都靜好而熟悉。

喧鬧聲很快驚動了隔壁 643 室的住客——鄧國雄。

他三十來歲，常被鄰里喚作「傻哥」。他行事古怪，長年沉默，既不惹事，也不親人，街坊對他既熟悉又陌生。他的存在如牆角的一盞舊燈，無人深究，只要不亮不滅，便任它獨自灰塵累積。

那日午後，鄧國雄忽然走出房門，神色異常，面色灰黯，眼神空洞。

他沒有說話，也沒有發怒，只靜靜地走近正在玩耍的三個孩子。他站在一旁，像是一具失神的影子，無聲地望著。

「雄哥！」志明見他，仍懷著孩童的天真，衝他喊了一聲。

他沒有應答。

就在那一刻，他忽然伸手，一把攫住志明與阿 B，接著綁住他們雙手。志明的手被尼龍繩緊緊綁住，阿 B 則被膠袋裹住手腕。他們還未來得及反應，嘴巴便被粗暴地捂實，掙扎聲也被吞進肚內。

然後，事情發生得極快，如命運不容思索的翻頁。

他俯身抱起志明，兩手一攬，便將孩子舉起。沒有警告，沒有言語，也沒有動作上的遲疑，逕自將志明從七樓的欄杆外拋出。

「雄哥，你做咩呀！」少蘭喊著，聲音撕破午後的寧靜，卻撕不破接下來的命運。

志明的身體在空中劃過一條弧線，那一瞬，連光都仿佛靜止。他的叫聲未完，人已墜下。樓下鐵皮棚傳來一聲沉響，悶悶的，像一記沒有回音的破鐘聲，敲進街坊耳中，讓人一時不敢動彈。

鄧國雄的腳步沒有停。他轉向阿 B，再次彎下腰。這孩子才五歲，雙手被膠袋綑住。他沒有掙扎，或許是尚未明白眼前這一切意味著什麼，只是睜大眼睛，看著這個熟悉又突然陌生的臉。

「唔好呀——唔好呀——」少蘭的聲音愈來愈破。她哭著，聲音抖得厲害，語句不成形。

第二個孩子被拋了出去。這次沒有驚叫，阿 B 只是被抱起，又被丟出。頭先著地，聲音更低，無響聲，也無喘息。

整個過程不過幾分鐘。鄧國雄從頭到尾未發一語。他的動作乾淨、直接，像完成一件被安排好的事，不緊不慢，不怒不慌。

少蘭已不知自己身在何處。她退到樓梯間，蜷縮在轉角的一塊陰影裡。她雙手抱膝，身體發抖，不敢出聲，像一張濕了雨的紙，貼在牆角，等著風吹走。

她呆坐了良久，才終於起身，跌跌撞撞跑回家。她的哭聲未歇，推門入屋，一邊流淚，一邊推醒躺在床上的父親。

「爸爸，唔得啦……雄哥……雄哥拋咗哥哥同阿 B 落街呀……」

那聲音破碎斷續，但足以驚醒一個父親心底最深的恐懼。

彭八愣了一下，爬起身，撐著牆走到窗邊望下。他看到樓下人聲嘈雜，有人聚攏，有人指向。他來不及細想，便扶著牆，邁步下樓。

他在人群中擠開幾步，見到了孩子。志明的身體橫在熟食檔頂，衣服還被風吹動，他閉著眼，嘴唇泛白，氣息若有若無。阿B倒臥在地上，頭部嚴重損傷，血跡四散，已無聲息。

幾小時前，他們才在飯桌邊，爭著要吃點心。志明說要雞蛋卷，阿B 說要汽水。兄弟倆一唱一和，在他耳邊鬧個不停。他雖病著，心中仍有溫暖。那時他沒想太多，只說：「食咗就唔好走出走廊太遠。」

如今，他們兩人橫陳於地，不再出聲。

那年彭八才四十出頭，自此之後，他再沒有一夜好眠。每當入夢，夢裡總有風聲，總有墜落，總有一雙雙未及長大的手，從他指縫間滑落，毫無聲息。

這不是意外，也不是衝動。他們的手被綁，嘴被捂，然後一個一個從七樓擲出。沒有爭執，沒有預告，也沒有任何解釋。只有一個成年人，在一個午後，沉默地結束了兩條幼小的生命。

警方接報後迅速到場。街坊證稱，事發時未聽見吵鬧聲，只聽見孩子墜落的聲音。少蘭是唯一目擊者，亦是倖存者。

這是兩樁命案，不是事故。

走廊上的牆仍舊斑駁，風仍穿過樓梯口的窗，午後的光照依舊。但自那日之後，彭家的笑聲便不再回來。那幾塊地磚，似乎也從此沉默，將夏日午後的熱與冷，一併封存。

樓下的人群尚未散去，地面上的血跡尚未乾透，塑膠繩與碎片散落在邊角，無人觸碰。街角聚著幾位街坊，有的低聲議論，有的只是搖頭。有人指向上方：「係鄰居做嘅，彭家隔籬，643 室。」

警員登上七樓。樓層空曠，陽光照在水泥牆面上，浮現一層舊屋常見的濕氣與斑痕。剛轉入走廊，他們就看見一名男子緩慢踱步。他神色平靜，步伐均勻，眼神落在某處，又像什麼也沒看見。他既未躲藏，也未逃走，只是在走廊上來回走動，像往常一樣。

警員靠近，站在他面前，問道：「係你做嘅？」

他回頭，語調平穩，回應得極為自然：「係我做嘅。」

這句話說得輕，沒有遲疑，也沒有情緒，像是承認一件無關痛癢的日常小事。他又補了一句：「我冇精神病，只係心情唔好。」

沒有解釋動機，沒有說明原因。警員未再多問，隨即將他拘捕。現場一角，發現一段尼龍繩，打了簡單的結，靠著牆根捲成一團，應是用來綁住兩名兒童的工具。

鄧國雄，三十歲左右，無業，與母親同住於彭家隔壁的單位。街坊對他評價不一。有人記得他年輕時讀過幾年中學，成績還不差；也有人說他性格怪異，常在樓下自言自語，見人不打招呼，時冷時熱，但也從未與人起過衝突。這樣一個人，忽然在一個午後犯下殺人之舉，誰也說不上來，人是怎樣開始變的。

案件很快進入調查程序。鄧國雄被正式控以謀殺兩名兒童。檢方證據明確，案情雖無完整動機交代，過程卻無可否認。

唯一的目擊者是年僅六歲的少蘭。她那日僥倖逃過一劫，躲在樓梯間的轉角。庭審當日，她站在證人席上，穿著一件淡粉色連衣裙，雙手緊緊握住母親的手，站得筆直。她的聲音很小，但聽得清楚，話語稚嫩，語氣卻努力平穩，像是反覆在心中演練過：

「雄哥突然抱起哥哥，然後……抛咗佢落去……之後佢又抱起阿B，亦都……抛咗落去。」

法庭靜得出奇。沒有人催促，也沒有人插話。她説完便退下，坐在母親身旁，一言不發。

當輪到鄧國雄自己作供時，他忽然翻供。他説自己案發時根本不在現場，聲稱當日下午去了游泳池看小朋友游泳，後來因頭痛在街邊暈倒。醒來時身上有血，但他「不知道發生了什麼事」，還説曾向附近的警察求助。

他的説話凌亂，句與句之間無明確邏輯，但語氣不急，也未見激動。只是這番説詞，與目擊者證言及現場調查結果大相徑庭。

彭八作證，案發前不久，他曾在睡前見過鄧國雄坐在走廊，手中拿著報紙，神情如常，不見異狀。

鄧的那些供詞無人證實，也無法查證。他所言未能動搖控方證據，更無力改變案情。

青山醫院的精神科醫師亦被傳召作證。他的口氣平靜，言詞節制。他表示，被告的精神狀態雖有「干擾」傾向，但尚未構成臨床意義上的精神病。他的基本思考能力與判斷能力均屬正常，對其行為具備理解與控制能力。

「精神干擾」的具體含義並未在法庭上展開。醫師未談病史，也未説是否做過完整心理測試。當時的制度或許還未有如今對精神責任與刑事行為之間界線的細緻區分。

兩名孩子的生命，就此在一個尋常的夏日下午被中斷。一名男子的人生，也就此被禁錮在鐵窗之後。沒有人知道他是否悔恨，也無人確知他是否真正明白自己做了什麼。

但那棟舊樓的七樓走廊，自那天起，已不再是往日的樣子。

日光依舊灑落，熟食檔依然開張，母親們仍在屋邨之間來回奔忙。只是每當午後，陽光照進走廊的斑駁牆面時，總顯得刺眼些，也靜些。

這種靜，不是平和的靜，而是——

不發聲的記憶。它不說話，但留著。

日子還是過，但有些事，始終沒走。

冷血行為的反思

這場慘案發生後，震驚全港。鄧國雄的犯案動機至今仍是個謎。人們無從知曉，那一刻，他的心中到底是冷血，還是空無一物。但不論如何，兩名幼童在死前所經歷的恐懼與痛苦，已無任何力量可以彌補。

有時候，這樣的行徑，像是一面鏡子，映出那個年代社會深層的遏抑與扭曲。當年香港的基層社區擁擠逼仄，鄰里之間摩擦頻仍，壓力堆疊，情緒無處宣洩，終於在某一日、某一人身上，炸裂成為無法挽回的災難。正如目擊者所言：「這不是一場意外，而是一次人性扭曲的爆發。」

回望此案，我們不能只關注當日的悲劇本身，而應看見其背後長期被忽略的問題：心理健康的照顧、社會對情緒失調者的支持、家庭對失能孩子的盲目縱容、以及缺乏修補的鄰里關係。多一份理解與包容，也許，能避過那一日的墜落。

鄧國雄這個人，與其說他是一名殘忍的兇手，不如說是社會與家庭共同縫製的一件破衣。他的智力低於平均，可能僅在七十到八十之間，雖不致於屬於中度弱智，但處事顯然常有遲鈍之感。日常生活中，他或許可以自理，但面對複雜的人際與工作環境，他總是顯得力不從心。

這種長期無法應對現實的失敗感，讓他愈來愈否定自己，也愈來愈否定世界。他看誰都不順眼，覺得周圍的人都在針對他，世界虧欠了他。

他是家中獨子。父母秉持傳統重男輕女的觀念，從小將他視為家中的「寶」。他成績不好，讀書讀不下去，父母不責怪；他工作三天打魚兩天曬網，母親也從未質問。

「仔，呢份工又唔做啦？」母親的語氣總是溫軟。

「唥，搵啲錢返嚟畀我使啦？」鄧國雄笑著答，一副滿不在乎的樣子。

他長年仰賴母親亞妹的收入過活，家中不曾要求他承擔責任，這種溺愛，使他不但游手好閒，更是脾氣暴躁。

「呢份工啲人蝦你咪唔做囉，返屋企又唔係冇飯食！」母親或許這樣說過。這種語言，聽起來像愛，其實是害。

在學業與職場都一敗塗地之後，鄧國雄將失敗歸咎於他人。他從不問自己哪裡出了問題，只認為這個社會不懂他，不容他。他逐漸發展出一種扭曲的自戀心理。他覺得自己應該得到更多，應該被理解、被尊重，但他卻從未學會如何去理解他人，尊重他人。

他的智力有限，情緒更不穩。他沒有應對挫折的能力，也不懂如何處理人際間的摩擦。這樣的人，常會表現得幼稚可笑，也因此被人取笑為「傻哥」。他對外界的刺激特別敏感，尤其是聲音。

「嗰邊成日咁嘈，我頂唔順呀！」有一次，他因鄰居打麻將聲過大，憤而將垃圾扔到人家門前，甚至報警投訴。

他不是全然無知。他知道自己在這個社會處於邊緣位置，但這份自知沒有化為謙卑，反而轉為敵意。他愈覺得自己不被尊重，便愈想用怒火去討回尊嚴。他常覺得：「個個都針對我。」這種想法令他情緒愈發失控，愈發孤立。

他在這種智力、情緒、性格與家庭教養的交織之下，一步步走向深淵。

彭家的兩名小兄弟，活潑可愛，經常在走廊上奔跑玩耍。那些天真的笑聲，在大多數人耳中是生命的歡快，在鄧國雄聽來卻是嘈吵，是挑釁，是折磨。

「你哋點解成日喺度嘈？係咪想針對我！」有一次，他怒不可遏，當面責罵兩兄弟。

孩子年幼，並不懂事。他們並不當一回事，還嘻笑著覺得這位「怪叔叔」有趣。有一次，他甚至將木板壓在兩兄弟身上坐著警告他們。可惜沒有人真正介入這些小衝突，讓那些怨氣一點一滴積累著，終於爆發。

審判與定罪

庭審進入尾聲時，精神科醫生出庭作證。醫生指出，被告鄧國雄在案發時精神狀態雖出現混亂，但尚屬「健全」範圍，並不構成精神病。

醫生的言語平穩，不帶情緒。他說：「鄧國雄的行為，屬於一種反應性的衝動，不是自衛型衝動。」

他進一步解釋，所謂「反應性衝動」，是一種源自強烈外部刺激或情緒困擾的行動模式，往往突如其來、缺乏深思，卻仍非無意識所為。

「他當時可能感受到強烈的刺激與挫折感，導致情緒失控，但這並不影響他的法律責任。」醫生說完，語聲稍頓，無再多補充。

法庭靜默片刻。最終，陪審團一致裁定，謀殺罪名成立。法官依當時法律，判處繯首死刑。然後案件移交至總督府，港督經徵詢行政局意見，最終將死刑改為終身監禁。

從此，鄧國雄的人生，也如鐵窗下的影子，靜止不動。

鄧的故事，不是單一的惡念，也非突如其來的崩壞。它像一條被長年編織出的錯結之繩，糾纏著多重因由：一個失效的家庭教育，一段未曾被引導的成長過程，一個不具備足夠情緒管理能力的人，在困頓與羞辱中逐步退入孤絕。

他的智力不高，性格內向、偏執，自小生活在過度保護的家庭環境中，缺乏現實世界的應對訓練。他在人前顯得木訥，在人後又多疑敏感，無法與人妥善交往，更難從錯誤中學會修正。

當他碰上人生挫敗時，缺乏的是思考的能力。人際關係裡，他不懂如何理解他人，也不知如何讓人理解自己。他不是天生冷血，只是從未被教會溫和。

這樣的人，本應被安放在一個有支持與復健的制度之中。然而當時的社會並無足夠資源，去辨識、接納，或輔導這類邊緣個體。他們無聲無息地活在屋邨樓宇間，直到某一天，他們的行為終於刺破平靜，才被所有人一眼看見，但已太遲。

鄧國雄是兇手，這一點無從辯駁；但他也是一個在成長過程中長期被遺落的失能者。他的情緒無人調節，他的觀念無人矯正，他的困境無人問津。他的問題，其實不是從案發那天開始的。

那兩名孩子，生命已無法重來。街坊仍記得他們的笑聲、腳步聲，記得他們在午後陽光裡奔跑打鬧的樣子。而鄧國雄，則將在牢牆之內，度過餘下歲月，為自己一念之差付出代價。

悲劇，既不是突然，也從來不只是一個人的錯。它是長期積壓下的結果，是整個社會結構之中，被忽略的一行空白。

渣男冷視妻殺子

1998 年 10 月 20 日的夜晚，香港新界上水天平邨天明樓 14 樓，一場無聲的悲劇悄然展開。這場倫常命案，奪去了三條生命，也揭示了一個破碎家庭在壓力、背叛與絕望中崩潰的全貌。

裂痕的開始

陳健康，四十歲，有妻有兒，表面上是尋常人家。只是這個家，早已風雨飄搖。鄰居後來回憶，林太經常為家計煩惱，連電費也繳不出，晚上屋內連燈都不開。這樣的貧窮，不是一時的窘困，而是長年的枯竭。

他的妻子林文芳，四十一歲，是傳統的家庭主婦。每天為兩個兒子操持生活，節衣縮食，無怨無悔。然而，她的付出，丈夫從未放在心上。

「健康，你每晚都話加班，但點解你部手機成日有其他女人嘅短訊？」林文芳忍不住質問。

「妳唔好亂諗，朋友傾下計啫。」陳健康語氣輕忽，眼神避開了她的注視。

實情是，陳健康早已在深圳包養了一位四川女子，且以「工作忙碌」為由頻繁北上。林文芳感受到他的冷淡與疏離，心中滿是疑惑與失落。日常的窮困與精神的空虛如同雙重夾擊，使她的世界日漸灰暗。

「健康，我知道你在外面有人！我們的婚姻到底算什麼？」某日，她終於再無法遏抑情緒。

「妳唔識打扮，又唔識討我歡心，只會喺屋企湊仔，我對妳早就冇感覺。」他的語氣冰冷，像是在陳述一項與自己無關的事實。

「但你連屋企開支都唔肯俾，我哋點生活？」林文芳垂下頭，聲音低沉。

「妳成日好似寃鬼咁，煩死人！」他不耐地回道。

這幾句話，如同一把一把小刀，將她的尊嚴割成碎片。她望著眼前這個男人，熟悉的臉，卻早已陌生。她知道，那個叫做家的地方，再容不下她的心。

凌晨兩點，林文芳走進兩名兒子的房間。他們仍在熟睡，夢中不知即將發生的一切。

「媽媽，咩事呀……」大兒子迷迷糊糊地問。

林文芳沒有回答，只是輕輕將兩個孩子抱起，一步步走向陽台。窗外夜風很冷，遠處燈火稀疏。忽然，一聲聲驚呼劃破寂靜。

不久之後，林文芳也從十四樓躍下，結束了自己的生命。

當救援人員趕到時，三人已倒臥於樓下簷篷，身體扭曲，明顯死亡。

消息一出，全港震驚。

媒體迅速找到陳健康。他的反應，不是悲傷，不是愧疚，而是冷漠與推卸。

「我性慾好強，但佢生完仔就冇再滿足過我。我搵其他女人，係因為佢冇盡做老婆嘅責任。」

說這番話時，他毫無愧色，語氣平淡，彷彿談的是別人的家庭，而不是自己的家破人亡。

更令人震驚的是，他隨後竟公開宣稱要與四川情人結婚，對死去的妻兒，全無悔意。

「佢害死咗兩個仔，唔關我事！」他在鏡頭前這樣說。

一句「唔關我事」，如同一聲無聲的審判，把一個丈夫、父親該承擔的責任，拋在腦後。

數日後的 10 月 28 日，陳健康出現在殯儀館，拜祭妻兒。他剛踏入靈堂，便遭民眾毆打。

「你咁嘅人，有咩資格嚟拜祭佢哋？」群情激憤，一時無法抑止。

這場突如其來的毆打，彷彿讓他短暫清醒。他對外公開表示，對妻兒的死感到悔疚。然而，悔意是否真誠，或僅是因壓力而來，無人知曉。

林文芳經歷了愛情的背叛與婚姻的潰散，一個人默默承擔起兩個孩子的成長與生活。作為母親，她身無長物，生活窘迫，缺乏外界的支援，也缺乏能訴說心聲的對象。長期處於壓力與孤絕之中，她的精神或早已步入幽暗之境，只是她未曾說出口，也無人真正看見。

她或許曾是溫柔而堅韌的，默默撐起這個搖搖欲墜的家，但當那一絲絲希望與尊嚴一同崩塌時，她終於再也找不到活下去的理由。

那夜，她把孩子抱進懷中，不是因為狠，而是她已無路可走。這樣的行為固然令人痛心，但若她當時正受抑鬱之苦，若她身邊有人能拉她一把，也許結局便不至於如此。

這場悲劇的另一端，是一位丈夫的長年冷漠。他在這個家中缺席，不僅是在經濟上，更在情感上。他的輕率，他的背叛，他對妻子的責難與否認，是一步步將她推向邊緣的手。當她陷入絕境時，他不但未伸出援手，反而成為令她心死的最後一擊。

這不是一件單純的命案，而是一場層層堆疊的沉沒。它是家庭中長期失衡的後果，是一個女人孤身面對生活時無處求援的悲鳴，也是整個社會對底層人物漠然無視的冷酷映照。

這是一場無法挽回的悲劇，也是一面照見人性與制度漏洞的鏡子。它讓我們明白，原來當一個家庭碎裂時，當事人所承受的傷害，遠比旁觀者所能想像的更深、更重。當我們對痛苦熟視無睹時，那便是對人性最冷的一擊。

陳健康的冷漠，則是這場悲劇最刺眼的裂口。雖然他沒有親手殺死妻兒，但他對親情無感，任由愛與責任崩塌，在這倫常慘劇上，誰可以說他是無辜的？他的語言輕薄，他的神情淡漠，對死亡無感，如同一道永不收口的傷痕，是對道德與人性的最大傷害。

綠寶橙汁毒殺滿門

這是一種扭曲的保護。在一個潮濕悶熱的夏夜。風扇在客廳角落發出嗡嗡的聲響，葉片來回切割著空氣，卻吹不散屋裡凝滯的沉默。

張明坐在飯桌前，兩手緊握著空杯，指節發白。他低著頭，不語。對面的妻子站在窗邊，背對著他。窗外的城市燈火零散閃爍，在她的肩膀上映出一道斜影。她站得筆直，卻顯得疲憊。

「我們……還能撐多久？」妻子終於開口，聲音低得近乎聽不見。

張明抬起頭，眼中浮現一絲慚愧與茫然。「我……試過了，真的試過了。可還是不夠……」他語氣頹唐，語尾斷裂，又慢慢續道：「妳……真的要這麼做嗎？」

妻子沒有立刻回答。她將手臂抱在胸前，視線落在遠處。片刻後才轉過頭，眼中泛著淚光。

「我不願意……可孩子呢？學費還沒交，電費也拖著。我們欠了好幾個月房租，怎麼辦？」她說得平靜，卻聽得出語氣裡那份壓著喉嚨的絕望。

張明沒有回答。他垂下頭，沉默許久，才低聲問：「妳真的決定了去做（舞小姐）？」

妻子輕輕點了點頭，沒有再說話。

那一夜，兩人誰也沒闔眼。張明躺在床上，翻來覆去，眼前總浮現著孩子熟睡的臉和妻子出門時的背影。他知道自己無力改變什麼，也無法原諒自己。

天亮時，妻子仍未歸。張明坐在廚房裡，桌上擺著一瓶綠寶橙汁。他望著那瓶飲料，眼神空洞。手邊放著一個小紙包，裡頭是毒藥。他的心在動搖，又在沉淪。絕望像一堵牆，將他慢慢迫到無路可走。

兩孩子揉著眼睛走進來，仍是如往常般的模樣，天真又倦意未消。

「爸爸，今日有冇橙汁呀？」小兒子問，聲音還帶著睡意。

「有呀，爸爸早就準備好。」張明微笑著，打開橙汁瓶，動作緩慢而輕柔。他在每個杯子裡加了糖，讓味道更甜一些。

「今日係咪咩特別日子呀？」大兒子問。

張明低聲笑了笑，沒回答。他看著孩子喝下杯中那杯甜蜜的液體，輕輕摸了摸他們的頭。「飲完就返房瞓一陣啦，爸爸會喺度陪住你哋。」

孩子聽話地點點頭，喝完便回房。過了不久，藥效發作。他們一左一右躺在床上，臉上還帶著笑容，像是進入了一場深長的夢。

張明獨自坐著，望著手中最後那杯橙汁，沒有多想。他一飲而盡，然後輕輕躺在孩子們身旁。

數小時後，妻子終於回到家。她開門，一片寂靜。她叫了聲，無人回應。她走進臥房，看見丈夫和孩子們靜靜躺著，無一動靜。杯子仍放在桌上，瓶中剩下的橙汁未收，旁邊有一張紙條。

上頭只寫了幾個字：「對不起，我撐不下去了。」

這樁發生在七〇年代的慘案，如今已過半世紀，記憶卻仍未淡去。那不是一起單純的犯罪，而是貧窮、壓力與愛的破碎交纏而成的結局。

張明的選擇不是來自冷血，而是一種扭曲的保護。他認為自己帶著孩子「一起走」，是替他們擋下命運的苦。可惜，在這樣的邏輯裡，愛與傷害已無從分辨。

當年的香港，仍有不少家庭於貧窮邊緣掙扎，男人忍辱，女人負重，孩子懵懂，日子像走繩索。在那樣的日常裡，一絲裂痕若無人察覺，終會裂成深谷。

這個名字叫張明的父親，在他最後的時刻，或許仍相信自己是用一種安靜的方式保護了所愛。用親人的命，來換一個體面的結束，那種愛，其實已經不是愛了，而是困在絕境裡，錯位的痛。

故事說完了，窗外的風，還在慢慢吹。那聲「今日有冇橙汁呀？」在時間裡，竟成了最難以承受的問句。

抑鬱母滅門自盡

這是一個悲劇的決定。夜已深，小小的公寓裡寂靜無聲。床頭燈投下微黃的光，在牆角描出柔和的影子。這樣的光原應帶來安慰，如今卻只照出空氣中那層無形的壓力。Maria 坐在床邊，手中握著一本舊相簿，封面已磨損，頁角也微微捲起。相中的笑容定格在過去的某個片刻，像遙遠的浮島，再也回不去了。

自從丈夫離開後，Maria 便一人承擔起撫養兩個年幼孩子的責任。經濟的壓力、生活的孤立、對孩子未來的恐懼，逐漸在她心中累積成一道沉重的陰影。她從未說出口的，是那個反覆出現在腦海的念頭：如果有一天我無法再保護他們呢？

那一夜，她終於被這個念頭壓垮了。

孩子們已沉沉入睡。八歲的 Emma 抱著她最愛的玩偶熊，呼吸均勻；四歲的 Alex 習慣性地踢開了被子，露出一隻小腳丫。Maria 站在床邊，凝視著他們的臉龐，愛意與悲傷交織。

「我不能讓他們獨自去面對這樣的世界。」她輕聲說，語氣平靜，卻像從深井裡傳出。

她相信自己是出於愛，是出於保護。她拿出紙筆，一筆一畫地寫下道歉的話語：

「我很抱歉。我只是想帶 Emma 和 Alex 去一個不會再受苦的地方。」

她為孩子們準備了第二天的衣服，替 Emma 梳理頭髮，將 Alex 的小熊重新塞回他懷裡。她對著熟睡中的他們輕聲說：「我們會一直在一起的。」眼淚滴在床單上，無聲無息。

藥物被研碎，拌入晚間的飲品。Emma 睜眼看到母親在流淚，迷迷糊糊問：「媽媽，妳為什麼哭了？」

Maria 擠出一個勉強的笑容。「媽媽只是累了，寶貝。今晚早點睡，好不好？」

孩子們喝下飲料，她輕撫他們的頭髮，輕聲唱著熟悉的搖籃曲，直到他們睡去。然後，她自己也服下了最後一杯。

隔日清晨，鄰居見屋內久無動靜，輕敲無人應門。後來警方破門而入，看見 Maria 和兩個孩子靜靜地躺在床上，像是沉入了一場沒有醒來的夢。

這樣的悲劇並非孤例。像 Maria 這樣的母親，在精神深處掙扎，在愛與責任中被困。她的選擇是錯誤的，但背後的動機，並非冷酷，而是由一種在絕望中扭曲了的愛推動。

她的抑鬱症，讓她看不見出路，也讓她誤信死亡是一種解脫。在這樣的狀態下，她不再相信求助能換來改變，只覺得唯一能「守護」孩子的方式，就是帶他們一起離開。

這故事提醒我們應更敏鋭地察覺那藏在日常背後的脆弱。憂鬱不是情緒低落那麼簡單，它的跡象或許輕微，卻能一步步將人引向深淵：

長期的無望感；

認為自己是負擔；

與人隔絕，逐漸沉默；

異常舉動，如寫遺書、贈送物品。

要避免下一場悲劇，我們必須從幾件事開始做起：

提高警覺：家人朋友要留心改變，不責備，只陪伴。

提供資源：像 Maria 這樣的家庭，需要可近的心理輔導、社區支援與經濟援助。

打破沉默：不再將抑鬱視為軟弱，而是一種需要理解與治療的狀態。

Maria 的故事，是一封寫給社會的無聲信件。一個人走到了生命的盡頭，也許不是因為不堅強，而是因為在她快要沉下去的時候，沒有人握住她的手。

願我們記得：人有時不是真的想死，只是不知道還能怎麼活下去。如果你，或你身邊的人，也正處在這樣的邊緣，請記得說話、請記得求助、請記得——生命可貴。

BB 只是塊垃圾

在一棟老舊的公屋裡，住著林女士一家六口。她是中年婦人，身形肥胖，行動遲緩，目光總是呆滯。醫生診斷為慢性精神分裂症，屬於陰性症狀較重的類型。她與丈夫同住多年，兩人無業，日子一日過一日，依靠社會福利金維生，生活簡陋，重複，無波無瀾。

他們有四個孩子，年紀從幼稚園至小學不等。孩子無人管教，自由散漫，屋裡常是一片混亂。牆角堆著未收的衣物與食物包裝袋，玩具散落在地，像是從來沒有人想過要清理。家中從無規律，孩子吃飯時間不定，睡眠作息紊亂，也沒有人關心學校功課是否完成。他們的世界，似乎只圍繞著吵鬧、爭奪、與電視。

直到有一天，這棟老樓的沉寂被突如其來的騷動打破。清晨時分，有鄰居在樓下聽見一聲驚呼，隨之而來的是警車的鳴笛聲與急促的腳步聲。警方迅速封鎖現場，並前往林女士家所在的樓層。據報，有人從窗口丟下一名剛出生的嬰兒。

警員敲門，開門的是林女士的丈夫。他滿臉不解，雙手在警員面前高舉，語氣帶著漫不經心的抗議：「為什麼抓我？這跟我無關啊。」警察不作聲，將他戴上手銬。屋內，林女士坐在沙發上，一動不動，像是陷入自己的世界裡。她的嘴角浮起一絲難以言說的微笑，時而咯咯地笑出聲來，眼神空洞而飄忽。當警員試圖與她對話時，她淡淡地說了一句：「那只是塊垃圾而已。」

那句話，如寒氣穿脊，使在場者無不愕然。

調查人員逐一詢問社工、社區護士與林女士的家庭醫生。他們皆表示，林女士體型龐大，本就難以察覺身體變化，而她的語言遲鈍、行為封閉，也使得沒有人發現她近來懷孕。她在最近的診所覆診中，也未被診斷出有任何懷胎跡象。

「我們根本不知道她有懷孕，更別說她打算生孩子。」一名資深社工這樣說，語氣中滿是震驚與自責。

「她來診所只是例行抽血與取藥，沒有提過任何與懷孕有關的事情。」護士亦感到難以置信。但那個嬰兒的確存在，且已失去生命。警方開始以殺嬰方向展開調查。

這個家庭的狀況，其實早已被列入社區高關注名單。林女士的精神疾病多年未見明顯改善，雖無攻擊傾向，卻顯著地喪失日常照護能力。丈夫長期失業，生活懶散，對家庭事務一概不問。

而四名年幼的孩子，也在無秩序的環境下學會了以拳頭解決問題。樓道裡常見他們推搡、吵鬧，鄰居投訴不絕。

「整天跑嚟跑去，大吵大鬧，冇人管嘅。」有鄰居這樣說。

社工曾幾次入屋探訪，但每次都因林女士情緒不穩或屋內凌亂難以交談而作罷。最小的孩子，仍在唸幼稚園，是目前最需關注的對象。社工曾多次考慮申請緊急接管，將其交由社會福利署照護。

警方向林女士丈夫詢問案情時，他依然是一副事不關己的模樣。

「我咩都唔知，亦唔想知。」他聳聳肩，語氣淡然，彷彿這不過是生活中無關緊要的一段插曲。

「這是你孩子，」警員提醒他，「你一啲都唔關心？」

「佢做咩，我管唔到。」他仍無波瀾。

而林女士依舊坐在那張舊沙發上，眼神游移，咯咯輕笑，臉上浮著一種詭異的純真與疏離。

她的故事，不是單一事件，而是一個家庭在精神疾病與貧困交錯之下的緩慢崩塌。她的病讓她遠離現實，而她的丈夫，則選擇對現實視而不見。在這樣的家中，失控是必然，而最終承受後果的，總是最無辜的孩子。

事件發生後，各相關部門召開緊急跨部門會議，討論是否全面接管林家的四名孩子，並列出利弊分析：

好處

安全保障：孩子目前所處的環境不穩定，林女士精神狀態不明，父親又漠不關心，接管後至少可確保孩子人身安全。

生活條件改善：進入福利體系後，孩子將有機會獲得基本飲食、衛生與健康照顧，減少因被忽視而產生的生活風險。

教育與紀律重建：專業人員可為孩子提供基礎教育與心

理輔導，補上家庭缺失的生活結構與價值觀教育。

情緒支持：心理專家將協助孩子處理家庭創傷，逐步建立安全感與穩定情緒。

打破惡性循環：若放任孩子在原生家庭長大，他們極可能重複父母的行為模式，難以跳脫宿命。

弊處

情感斷裂：與父母分離可能造成情感創傷，即便家庭關係不理想，孩子仍對父母有所依戀。

適應問題：孩子可能對新環境排斥，初期出現不適與抗拒。

失去親情慰藉：孩子或許仍渴望與父母維繫情感聯繫，接管後此類需求恐難以滿足。

社會標籤：被收養或寄養的孩子易遭社會偏見，影響其自尊與歸屬感。

兄弟姊妹可能被拆散：安置安排若不周全，兄妹間恐被分散，進一步削弱彼此支持。

父母報復心理風險：若未適當處理，可能引發父母的敵意與報復傾向，影響後續介入工作。

最終，社工評估後決定只接管就讀幼稚園的最小男孩。其他孩子雖然生活混亂，但尚有自理能力，亦已進入校園，有基本社交與支援網絡。林女士雖表現出情感貧乏與動機缺失，但未有暴力前科，亦未對其他孩子施以積極傷害。其診斷主要為思覺失調之陰性症狀，非急性精神崩潰。

醫生亦為林女士安排避孕措施，防止類似事件重演。

這件事的記錄，不過是報紙一角的一則社會新聞，但對那些孩子而言，卻是人生根基的改寫。制度不完美，人性有缺陷，但在每一場悲劇後，我們都應該問：在那個無人發聲的時刻，有沒有誰能更早些伸出手。

熱情過後的悲劇

來自 24 歲印傭的掙扎與恐懼。我是在醫院的急症室裡遇見阿娜。那天夜裡，急診區一片喧鬧。她坐在診室角落，雙眼泛紅，衣襬染著血，兩名警員站在她身旁，一左一右，像伴著一位剛從夢中醒來、卻仍無法辨認現實的人。

她才二十四歲，印尼人，在港擔任家庭傭工，孤身來到異鄉。初到時滿懷希望，只想賺些錢寄回家，或許有朝一日能回國蓋一間磚屋，讓年老的父母不再風吹雨打。然而命運總喜歡在最柔弱之處給人最重的擊打，那些她曾想像的光景，終究沒能來得及出現。

那段日子，她在休假時認識了一位菲律賓男子。他們談不上多麼深的感情，只是在城市邊緣的空檔裡短暫取暖。後來，她發現自己懷孕了，心中一片混亂。

「阿娜，你最近是不是胖了點？」雇主太太有一天隨口問她，語氣裡帶著調侃。

她低下頭，手緊緊抓住圍裙的邊角，聲音細若蚊蠅：「可能係食多咗，唔好意思。」

從那天開始，她總穿寬鬆的衣服，故意彎著腰彎著背走路。她知道，一旦被發現，她的工作會立刻被終止，身份證件也可能被取消，然後被遣返——她所有的努力與希望，都會如煙消散。

那是一個尋常的早晨。雇主一家都出門了，屋內只剩她一人。她突然感到腹部劇痛，彎下腰時冷汗如水滴，衣襬浸濕。她一步步撐進浴室，咬緊牙關，捂著嘴，努力不讓聲音從喉間洩出。這個城市如此繁忙，卻沒有一個人知道，她此刻正在廁所裡，經歷一場噤聲的分娩。

幾分鐘後，孩子出世了。小小的身軀，滿是血水，躺在她雙腿之間，微弱的哭聲像是雨後未化的水珠，輕得幾乎抓不住。她望著孩子，眼淚靜靜流下。

「我該怎樣做？」她低聲問自己。沒有人回答她。

她不知過了多久。時間像被抽乾，她的身體顫抖，腦中空白。她怕。如果孩子被雇主發現，她怕失去工作，怕被關起來，怕再也無法寄錢回家。她想到回國時的樣子，想到父母滿懷期待的眼神，心裡一陣劇痛。

「不可以被人發現……不可以……」她喃喃自語。她環顧四周，手抱著嬰兒，一步步走向廁所窗前。手心濕冷，視線模糊。她閉上眼，把孩子拋下。

哭聲消失了。

她癱倒在地上，抱著頭，哭出聲來。哭得像一個孩子。

幾小時後，鄰居報警。警方在大廈後巷發現嬰兒遺體，尋著線索敲開了林宅的門。開門的是阿娜，臉色蒼白，雙肩發抖。

「係你……掉咗個嬰兒落街？」警員問。

她抬頭望他們一眼，眼中滿是濕意與懼色。「我唔知應該點做……我好驚……」

當她被帶離現場時，低著頭，神情恍惚。她喃喃道：「唔好送我返印尼……我唔知可以去邊……」

那時，她的語聲，不是喊叫，不是辯解，只是一句句飄搖的低語，如同一盞即將熄滅的燈。

阿娜的故事，是一道無法撫平的傷痕。她的行為確實不能被原諒，但若只是將她標記為「兇手」，或許過於簡單。在那一刻，她並不是惡意行兇的母親，而是一個恐懼至極、無路可退的年輕女子。她無知，無援，無助，在制度與現實之間，被困在了一道無法越過的牆內。

在這場悲劇中，最終失去的，不只是那個還未學會呼吸的生命。阿娜自己，也在那一刻喪失了未來。

而這一切，也讓我們不得不再一次凝視——那些離鄉背景、語言不通、被制度遺忘的外籍女性，她們能依靠誰？又該如何被看見？

人與人之間，若缺少理解與支持，最終也只能在絕望裡互相遺棄。

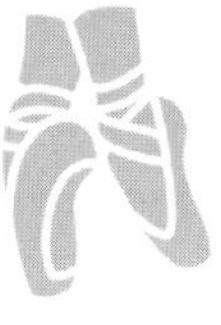

舞蹈症兄弟的宿命

在英國，有一位母親，長年照料著兩個健康逐漸失控的孩子。他們都患上了亨廷頓舞蹈症（Huntington’ s chorea）—— 一種由基因錯誤引發的神經退化性疾病，來勢不急，但步步緊逼。

這種病名帶著「舞蹈」二字，聽起來幾乎有些詩意，實則殘酷至極。病患會出現無法控制的肢體抽搐與動作失序，像在跳一支與身體為敵的舞。隨著病情進展，他們逐漸喪失語言與記憶能力，認知功能一點一點剝落，直至全然無助。這種病不會殺人於瞬間，而是將人一寸寸推到失能的邊緣，在漫長的時間裡，看著自己一點一滴地褪去作為「人」的基本能力。

這位母親每日目睹這過程，心如刀絞。她的兩個孩子曾經活潑，曾經會笑、會跑，如今卻要被綁在椅子上進食，被人攙扶著如嬰孩般沐浴。她的角色從母親變成看護，再變成一個日夜等候結束的人。只是，那個結束，遲遲不來。

那不是痛一次的煎熬，而是一種不能止息的看見——看著孩子失語，看著孩子的手無法拿穩食具，看著笑容變得模糊，神情漸漸失去熟悉的輪廓，直至眼神與肉身再無對話。

某日，她終於做了那個無法回頭的選擇：結束兩個孩子的生命。

從法律上説，這是違法。英國的法律並不認可任何理由主動結束他人生命。無論動機如何悲憫，這樣的行為皆屬重罪。即便所謂「協助自殺」，在法理上亦無絕對豁免。但若將此事放回人性與現實的深井裡來看，許多人無法簡單地以對錯評斷。她所承受的，早已不是體力或金錢上的艱難，而是一種靜默無聲的絕望。她不是在殺人，她是在拔除一段長年折磨她與孩子的苦根。她的手也許顫抖，她的眼或許閉著。但她的心，從不曾輕鬆。這不是殘酷，也不是仁慈，而是一種在深愛中沉沒的人間選擇——殘酷的是世界，仁慈的，是她無望卻不願讓孩子孤獨受苦的心。

這樣的故事，不是要為死亡辯護，而是提醒我們：在極端的困境裡，人不只是需要被規則約束，更需要被理解。當生命本身成了一場病的長刑，那些陪伴者的疲憊、絕望、愛與失措，誰來承受？

我們的法律，也許無法允許這位母親的行為，但我們的社會，應該允許我們深思。允許我們問一句：如果她不是為了解脱自己，而真的是為了讓孩子不再痛，那麼，這樣的愛，應該被審判嗎？

世間並無完美的答案，只有願意傾聽的耳與願意思索的心。

血胎女孩爸爸的抉擇

這件事險些釀成悲劇。我遇過一個男子，他的故事，至今仍在我心頭停留，像一陣遲遲未散的低氣壓。

他有一個女兒，出生不久，便被診斷出罹患一種罕見的遺傳性血管疾病，臉上覆著一片不規則的血色印記，從眼角斜斜延伸至顴骨與下巴，像是命運在她臉上寫下的一行句子。

治療之路漫長，且充滿不確定。她需要定期接受冷凍與雷射療程，每次回診，都要經過一輪針刺與藥水。小女孩不哭，只是用雙眼默默望著父親；而父親，則一次次在門診大堂裡低頭沉默，不敢直視他人的目光——那些好奇的、驚訝的，或純粹無意識地多看一眼的眼神，像一把把無形的刀，靜靜在他心頭劃過。

有一次，他帶著妻女搭乘過海小輪。海風很冷，小女孩在懷中睡得安穩。他站在欄杆旁，手臂圈著女兒。遠處的水面一片昏灰，浪聲拍打著船身，像一種不間斷的呢喃。那一刻，他的腦中忽然掠過一個念頭——也許，只要鬆手，她就能離開這一切的痛。

他不是想傷害她。他只是太累，太悲傷，太無力。他想像她在水中沉下去，什麼也不必再承受，他也終於可以將這份沉重的愛放下。

幸好，他的妻子察覺了他眼神的不對，在最後那一刻緊緊握住他的手臂。什麼都沒說，只是將女兒接了過來。

後來，女孩的病情逐漸改善，臉上的印記經過治療，淡了許多，也不再是她唯一的特徵。她長大了，讀書、戀愛、結婚，有了孩子。那孩子聰明伶俐，愛笑，鼻子像她父親，眼睛像她母親。

這個故事並不只有黑暗，也不只是關於絕望。它也說明了，有時，一個人之所以做出近乎不可思議的決定，不是出於殘忍，而是愛之深、痛之切，以至於迷失了出口。

而在那一刻，正是那位母親，用一雙穩定的手，把整個家庭從斷崖邊緣拉了回來。

第四章

愛與忠誠，可以並存嗎？
一段婚姻、兩個傷口、三個靈魂的告白

Lucas 三十出頭，是一間創科公司的營運主管，熱情、有理想，總帶著一點孩子氣的天真。他的太太 Wendy，是他從大學時代開始便深愛的女人。兩人經過多年愛情長跑，終於在兩年前結婚，搬進屬於兩人的新居，計劃著迎接生命中的下一章：孩子、家庭、穩定的未來。

然而，有些裂縫，不是從那天才開始的，只是那天被發現了而已。

那是個尋常的夜晚。Lucas 偶然瞥見 Wendy 手機上幾條曖昧的訊息。他眉頭微蹙，心中掠過一絲疑惑與不安，心跳也不由自主地加快。然後，他輕輕將手機放回原處，嘴角帶著一抹淡淡的笑意，說：「我先回公司了。」

他沒說出口的，是他回公司後，立刻登入了 Wendy 的社交帳號。他們彼此都懂技術，也互相信任，密碼是共用的。

但信任這東西，一旦破裂，就像鏡子破碎了無法拼回完整。

帳號名叫「飛象」——一個他曾聽過、曾警覺、曾被保證「已經斷清」的名字。

飛象是 Wendy 的舊相識。他們婚前曾曖昧，婚後她曾發誓斷絕聯繫。但那一封封對話裡的情色字句，透露了兩人之間從未真正切斷的

聯繫。

Lucas 沒有第一時間質問。他回家，靜靜看著那些玩具、擺設、紀念品——忽然意識到，這些可愛的小物，全是飛象為她挑的心意。

那晚，他丟掉所有玩具，像一場無聲的清算。

「飛象？你說過你跟他早就沒聯絡。」Lucas 口角顫抖地說。

「對不起……我本來真的打算跟他斷絕。」Wendy 慚愧地低下頭。

「你說的每一句承諾，都是假的嗎？」Lucas 追問。

在 Lucas 的震驚與質疑背後，是深層的信任崩塌。他被迫面對一段關係的雙重現實，也導致了其自我價值與愛情信念的瓦解。

Wendy 看著這一切，不吭聲，在一片狼藉中失落到說不出話來。那種失落，不是對丈夫的，而是對那個已經離不開的、被寵成少女的自己。

Wendy 試著斷。她知道錯，也不想 Lucas 再痛。但每次她狠下心，飛象總有辦法讓她心軟——那些熟悉的關心、那份她從小渴望的呵護。

他讓她覺得自己是值得被珍惜的。他們決定去找心理學家。

「我也恨這樣的自己。我從小在單親家庭長大，我媽那麼辛苦，我發誓絕不會做出背叛家庭的事……」Wendy 囁嚅地說。

「那妳還是選擇了飛象。」心理學家說。

「因為他讓我覺得……我不需要再撐。我不需要叻、要獨立、要懂事…他會哄我、抱我，讓我覺得像個小孩。Lucas 很好，只是……在他面前，我一直是還是那個能幹的我。」

Wendy 的行為表面上是出軌，實則是一種深層依附的再現。她渴望的是童年未能擁有的安全感與被照顧的經驗，這不是為情慾，而是為重未擁有過的父愛尋找出口。

Lucas 的情況越來越糟糕。他晚上失眠，冒冷汗，早上無法集中精神，他開始控制 Wendy 的行程、訊息。他，從一個被信任的人，變成一個監控者。

而 Wendy，也從內疚自責，慢慢走向憤怒、窒息，對著 Lucas 感到抗拒，直至厭惡。

他們終於決定分居。

分居前一天，Lucas 坐在沙發上，沙啞地說：「我原本以為我們會有孩子，有家庭⋯⋯」

「我也曾經想像過⋯⋯但我連自己是誰都快不認得了。」Wendy 喃喃自語。

「我真的想過報復，把飛象毀了。」Lucas 說。

「求求你，不要變成那樣的人⋯⋯」Wendy 說。

「那妳又為什麼，甘願選一個那樣的人？」Lucas 深深不忿地說。

這是一場心理結構錯配的愛情悲劇。Lucas 和 Wendy 起初都渴望穩定與信任，而埋藏在 Wendy 心底裡，因為早期成長於破碎家庭，她覺察不到自己想被呵護與補償，這點對成長在健康家庭的 Lucas，是不會明白的。兩人曾經彼此真誠，卻從未真正理解彼此內心深層的需求與脆弱。出軌與背叛，只是長期遏抑的錯位依附關係最終爆發的結果。

Lucas 始終並未能釋懷。他僱私家偵探查出飛象的身份背景——一個有家庭、有女兒的男人，而他竟隱瞞了這一切，以單身漢的身份，跟 Wendy 交往。

他想報復。他想讓飛象身敗名裂……

是心理學家與朋友苦苦相勸，才將 Lucas 從報復的邊緣拉回：「仇恨可以令人盲目，像星火燎原，讓你鑄成大錯。

「以眼還眼，會使世界盲了眼。」

Lucas 的心裡仍在淌血，他曾經對 Wendy 那樣真誠、忠貞，不懂為何還是輸了。為何她寧願選一個撒謊的、玩火、比她大十多歲的男人？

他曾以為：「我已經給她一切，她為什麼還不滿足？」

Wendy 後來也倒下了。

她站在鏡前，問自己一句最深的問題：「我到底是誰？」

她從小在單親家庭長大，父親拋下她們。她努力讀書、懂事、獨立，因為她不想再被遺棄，也不想讓媽媽失望。

她以為自己是理性、穩定的，直到飛象出現，她才知道，原來她內心渴望的是那種被呵護、被在乎、被無條件當成主角的愛。

Wendy 重覆唸著飛象給她的訊息：

Dearest Wendy，

我從沒想過遇上你。我在感情一事上，變得這樣糊塗矛盾。我知道我不應該靠近你，你有家庭，我也有。但每次看到妳的訊息、聽到妳的聲音，我就想保護妳、給妳溫柔。

我不是個好人。這點我比誰都清楚。但我也不是想傷害 Lucas。他不像我，他給妳安全，我只會給妳動搖。

妳願意讓我成為妳的出口，但我知道，我是錯的開始。只是……對不起，我太想讓妳快樂了。

——飛象

Wendy 又記得心理學家的話：飛象在你面前，總是表現出一種典型的模糊責任與自我美化。他認知到自己行為的不道德，卻仍以「保護和給妳快樂」去包裝他傷害你婚姻的本質，這是隱形的情感操控。

Lucas 對她好，沒錯。但 Lucas 是夥伴，是隊友，是值得信賴的家人。而飛象，卻讓她成為那個「被偏愛的小孩」，即使她深知那偏愛不道德、短暫，甚至有毒。

她最恨小三，自己卻淪為自己最痛恨的角色。

最後飛象選擇了她，離了婚。

可 Wendy 卻笑不出來。因為她不能信任婚姻的忠誠和承諾。

心理學說：出軌從來不只是「不愛對方」的結果。

往往是一種深層未被處理的情感需求、依附模式、童年創傷、與自我認同的錯位。

Lucas 的傷，是被背叛的創傷，是「我做得這麼好，為何還會輸」的自我否定。

Wendy 的錯，是在愛裡尋找補償，她其實在尋找父親的愛，卻沒看見自己也在延續父親當年的腳步。

當然，這是一段描寫 Lucas 在情緒崩潰邊緣，與心理醫生展開深刻對話的場景。語氣真摯而緊繃，帶著與自我抗衡的沉重感：

「有時候，愛並非不夠深厚，而是兩顆心的結構，從一開始就錯落不一。有人渴望穩定與忠誠，卻未曾察覺自己真正渴望的是被寵愛、被細心呵護；有人想要同舟共濟，卻不知對方潛意識裡尋找的是童年缺席的夢想。

在這段三人糾纏的故事裡，沒有絕對的惡人。只有那些未曾照見自身靈魂的黑暗。

懸崖勒馬

Lucas 坐在心理醫生診所，午後。室內靜謐，窗外的光線斜灑在米色地毯上。Lucas 坐在沙發邊緣，雙手緊握，語氣遏抑但激動。

Lucas：「我真的很想報復他們……尤其是飛象。他搶走了我的太太、我的生活、我的尊嚴。他什麼都不是，但他贏了，我不甘心。」

「你覺得，當你報復之後，你會贏嗎？」醫生問。

「至少我不會那麼像個廢物。現在我什麼都沒了，而他們倆還活得好好的，繼續像沒事人一樣！」Lucas 。

「你的痛，我聽見了。這不公平、也很羞辱。但我想問你一件事——你更想『 讓他們痛』，還是更想『讓自己不那麼痛』？」醫生問。

「我不知道。我只知道每天醒來都像在地獄裡。我去健身、工作、見朋友……但我腦海裡只有他們的影子，走來走去。」Lucas 回應。

「你在對抗的，不只是他們，而是你心裡那個『被拋下的小男孩』——那個想要被愛、想被珍惜的你。報復或許能短暫讓你覺得強大，但它無法修補這個男孩的傷。」醫生說。

「那我該怎麼辦？我不能假裝沒事。我不是聖人，我真的恨他們，不能原諒他們。」Lucas 說。

「不需要假裝沒事。也不需要原諒現在。

你需要的，是選擇不讓他們定義你。當你報復，其實你的人生還是繞著他們轉；當你轉身走出，他們才真正失去了你。你不是為了他們活，是為了你自己。」醫生說。

「我真的好痛。我好想有個出口。」Lucas 說。

「出口不是用怒火炸開的，是用你的選擇慢慢走出來的。你來到這裡，就是你選擇走去出的第一步。」醫生說。

沉默中，Lucas 緩緩點頭，眼神雖仍痛苦，但多了一份力量。

心理醫師臨床紀錄

個案主動表達近期強烈的報復衝動，針對妻子 Wendy 與其外遇對象「飛象」產生「想讓他們痛苦」、「奪回尊嚴」的想法。個案語氣激動，表示「現在每天醒來都像在地獄」，情緒呈現憤怒與悲傷交錯，亦透露自我價值感低落與失控感。個案明言：「我真的好痛，好想有個出口。」

Lucas 並無明顯精神病性症狀，他情緒表現激動，語速偏快，語氣遏抑中帶敵意與無力感，但他痛苦情緒的表達具備深度反思能力，能作抽象層次的對話。Lucas 報復衝動雖強烈，但未見具體計劃或明確行動意圖，目前風險屬中低等級，需持續監測。

臨床印象與初步診斷

調適障礙伴明顯情緒困擾與憤怒衝動（Adjustment Disorder with Mixed Disturbance of Emotions and Conduct）

背叛創傷反應明顯，出現自我認同動搖、信任崩潰、自我價值感受損。

心理防衛機轉以投射與報復幻想為主，企圖透過控制外在來重建內在秩序。

具備治療動機與反思能力，情緒反應真實且未遏抑，對治療具良好預後潛力。

介入與建議

情緒容納與命名訓練：引導個案辨識情緒背後的需求與未說出口的脆弱（如被遺棄感、自我價值動搖）。

探索報復衝動下的心理意義：協助個案將報復衝動轉化為回復自我主體性的行動，例如生活重建、價值重構等。

建立穩定支持系統與自我照顧策略：包括身體活動、書寫、規律作息等作為壓力調節機制。

持續監察報復衝動之風險指標：評估是否需介入風險管理措施或精神科轉介。

最後，Lucas 按下心中的仇恨，轉化為文字，他寫了一封未被寄出的信給飛象——

飛象，

我本來不打算寫這封信，因為我覺得你不值得。

但今晚我忽然明白了——

我不是寫給你看的，是寫給我自己的。

你知道嗎？

那天我看到你摟著 Wendy 的時候，我不是只感覺到痛，而是……羞恥。像個被全世界笑話的傻子。

我以為你是我兄弟，我以為你會祝福我們。你卻在我背後，把我最愛的人偷走，偷走一件不屬於你的東西。

我曾經想過很多種方法讓你「付出代價」：公開你們的對話、在你公司投黑信、匿名報復……

但每當我真的要做的時候，我就發現，我的手在發抖，不是氣，是空虛。

原來我以為報復能補回什麼，但其實，它什麼也補不回。

你贏了嗎？

也許吧。你擁有她的身體，她的笑聲，甚至她的未來。

但她曾經屬於我的那些回憶、那段時間裡我全心全意愛她的自己——那些，你永遠搶不走。

這封信我不會寄。

因為你根本不值得佔據我的人生第二章。

這是我和你之間，最後一次無聲的對話。

我不恨你了，但我也不原諒你。

我只是，決定不再為你活。

—— Lucas

Lucas 也寫了一封給 Wendy 。不是控訴，也不是乞求，而是一封告別信。

Wendy，

寫這封信的時候，我其實沒有特定的目的。不是想要你回來，也不是要你道歉。我只是覺得，如果不把這些話寫下來，它們會一直困在我心裡，卡在每一次呼吸之間。

我想你應該知道我有多痛。但我沒有說出口的，是我有多失望——不是失望於你愛上了別人，而是失望於那個我們曾經努力建築的「我們」，原來沒能夠撐過時間與真實。

我們曾經那麼真，那麼熱烈。我記得你笑起來的樣子，記得我們討論未來的模樣，記得你在我懷裡輕聲說「有你就夠了」的那一瞬間。這些記憶，沒有一個是假的。

所以我不想把你妖魔化。你不是壞人，只是我們都在某個節點上迷了路。

坦白說，我曾經想報復。我氣你，恨你，甚至想讓你失去你擁有的，像我失去的一樣。但後來我才明白，報復不會讓我重拾什麼，只會讓我失去我自己。

我現在不想贏了。我想放下。

這段時間，我重新學會了獨處，也重新認識了自己。我不再是那個圍著你轉的 Lucas，也不需要透過你來定義自己的價值。

我寫這封信，不是為了讓你愧疚，而是想讓你知道：

我不再恨你了，但我也不會再等你。

我祝福你。真心的。

願你所選擇的生活，是真實的，不是逃避的。

願你所追求的愛，是完整的，而不是臨時的避風港。

而我，也會繼續走下去。帶著我們曾經的好，與我現在的自由。

再見了，Wendy。

謝謝你曾經愛過我。

—— Lucas

這封回信，是 Wendy 面對 Lucas 的釋懷與告別後，內心的誠實回應。她不再辯解，也不再逃避，而是用這封信表達她從未好好說出口的歉意與自省。

Wendy 的回信（如果可以重來，我會想清楚自己想要什麼？）

Lucas，

我看完你的信，是在一個下雨的晚上。

我一邊讀，一邊哭，不是因為你說了什麼重話，而是因為你沒有說重話。我一直以為，你會恨我一輩子。我也以為我早就準備好承受那種恨。

但原來最讓我心碎的，是你已經不恨我了。

你知道嗎？我一直很怕和你對話，因為我不知道怎麼面對一個我曾深愛、卻深深傷害的人。我以為離開，是為了讓你更好，讓我們都不用再互相消耗。

但其實，是我懦弱，是我沒有勇氣承認我自己有責任讓那段愛慢慢走失。我沒有正視自己內心真正的需要。

飛象……他出現的時候，我其實已經在心裡對「我們」動搖了。但我始終沒說出口，我逃避、沉默、假裝沒事，直到謊言堆砌到自己也無法承受。

我不是要為自己辯護。你說得對，我曾經是愛你的，那些回憶是真實的。我騙不了你，更騙不了我自己。

所以當你說你放下了，我忽然覺得，好像終於被原諒了。不是你原諒了我，而是你讓我有機會，也去原諒自己。

謝謝你，Lucas。

願你未來的每一天，都比過去更接近你想要的樣子。

也願我，有天能重新變成一個值得被人好好愛的人。

——Wendy

一段婚姻的潰散，一場愛與重生的心理獨白

Lucas 最近給自己寫的信——

我不知道裂縫是從哪裡開始的。

也許是那天我滑開她手機，看見那幾行曖昧訊息。

也許更早，在我還以為我們一切都好的時候，那道縫就已經悄悄蔓延了。

Wendy 是我大學時期愛上的女孩。我們熬過了無數失眠的夜晚、各自工作的焦慮與搬家的疲憊，終於在兩年前結婚，買下了屬於我們的

小屋。我以為這就是幸福的模樣。

直到那一天，我才知道，愛也會變質，也會轉向，甚至會背叛。

那個人——飛象，不是陌生人，是我認識的。當想到他抱著她上床的那一刻，像一記釘子，將我的信任釘死在回憶的墳墓裡。

我曾經想報復。

我承認，我幻想過讓他們兩個名譽掃地，讓 Wendy 覺得後悔，讓飛象為自己的背叛付出代價。

但我做不到。不是因為仁慈，而是因為每一次仇恨湧上心頭，痛的總是我自己。

我去見了心理師。那是一個比我想像中安靜的房間。我以為我會大哭，但我只是靜靜坐著，像一具失去方向的軀體。心理師看著我，問了一句：

「你更想讓他們痛，還是讓自己不再痛？」

我沒回答。但那一刻，我知道我想要的從來不是報復。我想要自由。從這段關係中解脫的自由，從羞辱中重建自己的自由。

幾週後，我寫了一封信給飛象，寫給 Wendy。飛象的信並沒有寄出。我只是把信折好，放進抽屜，像是對往昔的一場告別儀式。

「我不再恨你了。但我也不再等你了。」

——我在信裡對 Wendy 這樣寫。

我租了一間小屋，開始一個人的生活。屋裡還沒有沙發，沒有裝飾，也沒有共同的回憶。只有我、一盞燈、一張書桌，一張椅子，還有未完成的自己。

我開始慢慢做以前覺得浪費時間的小事：煮飯、晨跑、種植物。我學著好好對待自己，不再靠別人來定義我的價值。

偶爾，我還是會夢見她。夢裡我們還是年輕的樣子，還沒說出口的愛在彼此眼裡發亮。但我醒來時不再難過。

因為我知道，那只是過去。美好的、但結束了的過去。

我們每個人心裡都有裂縫。

可能是愛情的背叛，是親情的失落，是某段無法追回的過去。但那些裂縫不是要摧毀我們，而是讓光得以照進來。

這一路，我學會的不是原諒，而是放下。不是忘記，而是走過。

如今我站在這間空屋裡，心裡再也沒有「為什麼是我」的怨懟，只有「那我接下來要怎麼活」的溫柔提問。

我不再活在別人的選擇裡。

我開始活在自己的心裡。

Lucas 從「情緒報復」邁向「情緒整合」，心理學家終於放下了心頭大石。

第五章

愛與控制的界線
由愛生恨謀殺案紀實

「我只是想拿回所有照片，我相信你給我的照片和影帶，只是一部份。說實話，我不想跟你再有牽連了，你把我箝制得幾乎要窒息，我已經受不了。」

李倩姮低聲說，語氣平靜卻堅定。她沒想到，這會是她人生最後一次向吳欣鍵開口。

2016 年夏天，他們在網絡上相遇。她愛笑，是護理系學生，夢想照顧別人；他話不多，有點木訥內向．是土木工程系的學生，總說想向上爬，或許將來，可以蓋一棟房子給她。

一開始時，他體貼、周到，甚至有點害羞。

「只要你一笑，我就開心安心了。」那是他初次告白時說的話。

巴士狂捅女友

但從 2017 年起，吳開始變得越來越神經兮兮。他查她手機，追蹤她社交帳號，經常要求 Annie 匯報行蹤。當吳要考試時，他甚至委托朋友代辦。有一次吳甚至出現在她家樓下。她試著分手，他卻傳來情緒勒索的訊息：「只要你夠膽離開，我就死給你看。」

Annie 因為害怕，也有點心軟，一直強忍著他死纏爛打的跟蹤行為，她怕他真的會做傻事。

唸了兩年護理學副學士的 Annie，因為成績優異，終於可以銜接護理學學士課程。為此 Annie 感到很開心，人生新的一頁在她面前展開，她很期待即將來臨的迎新營。

但吳堅持不准 Annie 參加理工大學護理學系的迎新營，他形容那是猥瑣淫褻的活動。從那刻開始，Annie 感到忍無可忍了：吳嚴重侵犯了她的個人自由，為此兩人則吵不斷，最後 Annie 決定報名參加迎新營，並下定決心要跟吳分手。

就在兇案前兩天，2017 年 9 月 14 日，Annie 傳訊：「所有照片和錄影片段，請你交還給我。請聽著，由今天開始，我已經不再是你女朋友了。你再這樣下去，我會報警。」

「你敢跟我分手，我會把這些性愛照片和影片公開！」吳恐嚇。

「你總之要把這些都交還給我，你用公開我的照片來威脅我，我會報警求助！」Annie 也不甘示弱。

吳回覆：「好，我會還你。」

他們相約見面，吳把一張外置記憶咭交給 Annie。同時間，他一直錄下二人的對話。

「我只是說說笑而已，我不會把這些照片公開的。我根本沒有恐嚇你。」吳說。

「不是的，你真的是在恐嚇我。」Annie 咬死不改口。

「你根本還私自儲藏着很多這些照片和影帶，請你把其餘的都交給我。」Annie 不斷催促。

吳支吾以對，之後他們一起吃晚飯。

Annie 表現得無可奈何，但也拿他沒有法子，可是她不知道，那只是陷阱的開始。

在吳心目中，Annie 是很難得的女朋友。她聰明勤力，家境富裕。反觀自己只是出身草根，人家住名牌私樓，過千萬的豪宅，父親屬於中產階級。而自己的爸爸只是一個賣菜維生的小販，媽媽是一名保安員，一家人只能住在公屋單位。

「我是萬萬不能失去 Annie ！若果有一天我真的失去了她，別人也休想可以得到她。」吳喃喃自語。

9 月 16 日中午，星期六，吳不用上班。吳一直睡到下午一點才起床。吳施施然梳洗，吃完東西後，打電話給 Annie：「我們可否見個面？」

「不能，今天我要到餐廳上班。」Annie 回答說。

於是吳背著裝有衣物與護照的背囊，乘車走進 Annie 居住的藍灣半島某商場。他在家庭用品店買了一把 20 厘米長的廚刀，之後拆開包裝，把廚刀小心地塞進背囊。

一小時後，他出現在巴士站，靜靜地站在 Annie 身後。那時 Annie 並未察覺到吳就在自己身後。

上了車，兩人才碰着面，他們一起走上巴士上層，兩人並肩而坐，Annie 坐在窗口位置。行車錄影顯示，他們並無明顯爭執，只是低聲交談。

然後，在毫無預警的瞬間，他拉開背囊，抽出刀猛刺，一刀接一刀，共 33 次。

Annie 在車上尖叫、掙扎，然後癱軟，鮮血染紅了巴士地板。

此時，滿身大汗的吳敲擊巴士的窗口，之後再用錘仔打碎窗口玻璃，由上層跳下來。

上層的乘客，因為見到吳拿着刀，都不敢上前幫忙，其中一個乘客立即通知司機，司機即時把車子停下來，馬上打 999 報警。

救護員來到了，發現 Annie 整個人俯伏捲曲在座位上，因為巴士上層地方狹窄，救護員立即把 Annie 用擔架抬下來。

抬下來時，Annie 已經臉泛紫色，整個人軟脸脸的，披着散亂的頭髮，衣物染了血跡。那時， Annie 已經沒有生命跡象了。

到了醫院，醫生發現 Annie 的脖子、胸膛、背部與手臂全是刀傷。

一刀刺穿肺部，另一刀直插心臟。一道傷口長達 14 厘米，連肋骨脊骨都折斷了，氣管也幾乎完全切斷。她在數分鐘內失血致死，幾乎沒有求生的機會。

「死給你看」的控制狂

根據吳的精神和心理報告，描述「病態性妒忌」（morbid jealousy）與「控制型人格特質」。他無法容忍失去，也不能接受被拒絕。他用「我會死給你看」來維繫一段早已破裂的關係，最終選擇以殺人來奪回控制。

對於吳的病態妒忌，我認為比較多是出自關係上的「強迫性佔有」Interpersonal Obsessive-Compulsive Tendencies（人際強迫傾向）。

人際強迫傾向是一種在人際關係中出現的強迫特質，其特徵為反覆思考與強迫行動，與臨床強迫症相似，但主要表現在親密關係、情感互動與依附模式中，對人際連結產生破壞性影響。

類型	特徵描述	常見思維	對關係的影響
情感確認強迫	不斷要求對方證明愛意，如「你還愛我嗎？」	「如果對方不回應，就是不在乎我」	對方疲憊、關係壓力大
控制性強迫行為	追蹤手機、行程、社交媒體等	「我必須掌握一切才安全」	信任崩潰、被視為侵犯
責任型強迫	過度自責，覺得自己要為對方所有情緒負責	「他不開心是我做錯事」	失去自我、操控式愧疚感
分離焦慮與預演	不斷回想對話、懷疑自己是否説錯話	「我説錯一句，他可能就不再愛我」	焦慮、退縮、遏抑
完美化與情緒反轉	對方冷淡即視為背叛，出現報復心態	「我為你付出這麼多，你怎可這樣對我？」	情緒爆炸、報復、關係破裂

吳對 Annie 的強迫性，展現在控制性強迫行為，和把 Annie 完美化和情緒反轉。

在吳的故事裡，我看到的，不只是控制與暴力的表象，而是一個內心極度脆弱的人，在愛裡掙扎、失控、最終撕裂了一切。

我想，吳會展現出那樣強烈的人際強迫行為，有其深層的心理根源。

他是那種自尊如玻璃般易碎的人，一點風吹草動，一句無意的語氣變化、一個對比的念頭，都足以讓他覺得自己不夠好、不夠配、不夠被需要。這樣的羞恥感與自卑，讓他對 Annie 的愛變得焦躁、貪婪，甚至殘酷。

他不斷試圖操控 Annie，不是因為他愛得有多深，而是因為他害怕輸。他總覺得自己出生背景比不上她，常說「女尊男卑」，而在職場上，他也總感覺自己「像個工人多於一個工程師」——這些比較，在他心中不是一種觀察，而是一種恥辱。

他的某部分，帶有一種脆弱的自戀：自我中心、缺乏共情能力，無法跳出自己的情緒框架去理解別人。他總是只看到自己被遺棄、被背叛，卻從未真正問過自己：「我是否也讓對方窒息？我是否剝奪了她的自由與空氣？」

當 Annie 終於選擇離開，他只感覺到傷害，卻看不到自己才是那場傷害的起點。

吳欣鍵的行為模式反映出明顯的人際強迫結構——在情感分離下產生崩潰反應，將失控感轉化為暴力行動。他以自殺威脅操控對方，又在無法接受分手時以極端手段挽回控制，顯示其心理結構扭曲。

若吳接受心理輔導，這會是對他的治療方向

1. 認知行為治療（CBT）：修正非理性信念與強迫行為
2. 依附治療：重建安全依附模式
3. 情緒取向治療（EFT）：學習健康表達情緒與需求
4. 心理教育與關係治療：建立界線感與自我價值

脆弱的自戀人格

吳一直沒有邊緣人格障礙的特徵：如自殘、情緒調節功能薄弱、行事衝動等。事實上，他對之前幾個女朋友，都感到她們是「雞」、是「公廁」，極度貶低侮辱他們。而面對 Annie ，他的自尊心顯得很脆弱。他把自我概念建立在擁有對方，最後更以破壞性方式應對情感失落。

他不是因「發狂」殺人，而是因無法接受對 Annie 的失控、無法面對失戀，而選擇毀滅性的報復。

當我們再從心理學角度深入分析吳的行為模式，我們或會發現：他對關係的控制與強迫，不只是表面上的妒忌或衝動，而是深植於人格結構與情感發展歷程中的心理背景機制。

脆弱的自尊與羞辱敏感性（Vulnerable Narcissism + Shame Sensitivity）

吳的自尊如同玻璃般，脆弱而不堪觸碰。他無法承受被比較、被否定，哪怕只是對方一時的冷淡或遲疑，也會讓他內心產生強烈的羞辱感。他將自我價值完全綁在關係中，將對方的態度視為自己價值的「晴雨表」。

這類自尊的建構方式，常見於脆弱型自戀人格（vulnerable narcissism），其核心是：「我必須讓你愛我，否則我就什麼都不是。」

控制性依附與焦慮型依附風格（Controlling & Anxious Attachment）

吳的愛，不是平衡的共生，而是焦慮與佔有的混合。他在關係中高度依賴對方的反應與肯定，任何疏離都會激發他極度的不安，進而以操控（如監視、情緒勒索、自殺威脅）來維繫關係。

這屬於焦慮型依附風格的病態變異版本，帶有控制與懲罰意味，是不成熟依附的極端表現。

心理等價模式（Psychic Equivalence）與情緒融合（Emotional Fusion）

當吳感受到情緒痛苦時，他會將內在經驗視為「絕對事實」。

「Annie 跟我分手」，這在他心中，就等同於「Annie 真的背叛了我」，可事實上，Annie 只是不能容忍他的控制慾，但他對 Annie 的看法不容懷疑、無須證據。

這種心理等價模式常見於人格發展受阻的個案中，尤其是缺乏區分自我與他人感受界線的情況（emotional fusion），導致他無法區分「我感覺」與「現實是」。

共情能力不足與反向認同機制（Low Empathy + Projective Dynamics）

吳難以理解對方的痛苦，也很難從他人的視角看問題。

他的內心世界極度以「自我感受」為中心，缺乏同理心，且傾向將自己內在的痛苦投射到對方身上。

當他覺得被拋棄時，他的反應不是悲傷，而是憤怒。他將失控與羞辱感轉化為憎恨與報復，這是一種投射式認同（projective identification）的心理機制。

吳的行為並非單一動機驅動，而是多重心理因素交織而成。他是一個在自我認同、親密關係的建立、情緒容納能力等方面都發育不全的人，而愛情的破裂，成為了一個計時核彈：愛變成毀滅。

正義的回應

法庭上，辯方嘗試主張吳當時精神失常，應判責任能力減低。但小欖精神病治療中心的廖醫生，在觀察吳多月後指出：「他無精神病，不需要住院治療。」

陪審團接納此說法，一致裁定他有完全的刑事責任。

2021 年 4 月 29 日，法官 Campbell-Moffat 讀出判詞：

「本法庭無法忽視這位年輕女子生命被無情奪走，也不能忽略你冷靜計劃殺害她的每一個步驟。」

「你不是在衝動下犯案，而是在清醒中策劃、執行了一場報復性的謀殺。」

Annie 的母親在庭上哽咽：「我女兒一心想做護士幫助別人。她善良、堅強，卻死在最信任的人手裡。我們一生都無法釋懷。」

法官最終判處吳欣鍵終身監禁。

人際關係強迫傾向和強迫症的分別

根據《精神疾病診斷與統計手冊》第五版（DSM-5）：

強迫症與相關障礙（Obsessive-Compulsive and Related Disorders）

診斷名稱：強迫症（Obsessive-Compulsive Disorder, OCD）

主要診斷準則（精要節錄）：

出現強迫思考（obsessions）、強迫行為（compulsions），或兩者皆有。

強迫思考：反覆出現、持續、侵入性，並引起焦慮或痛苦的念頭、衝動或影像。

強迫行為：為了減輕焦慮或避免某些事件發生，而反覆執行的行為（如反覆確認、要求保證等）。

個人認知到這些想法或行為是過度或不合理的（但兒童例外）。

症狀對日常功能造成顯著困擾，並每天持續超過一小時以上。

與人際強迫傾向的關聯

Interpersonal OCD 並非一個獨立診斷，但可視為「關係導向型強迫症」（relationship-OCD）的表現形式，屬於強迫症的內容變異（content-specific OCD），如：

一再質疑自己是否愛伴侶；

擔心是否説錯話會導致關係破裂；

強迫性地回顧或確認自己是否「破壞了」關係；

至於病態妒忌（Morbid Jealousy）。

妄想性障礙（Delusional Disorder）

診斷名稱：妄想性障礙（Delusional Disorder）

主要診斷準則（節錄）：

一個或多個妄想持續存在，至少一個月以上。

除了妄想主題外，整體功能尚可，行為不明顯異常。

若有出現躁鬱或抑鬱發作，則其時間總長不得超過妄想時期的總時長。

妄想內容非明顯荒謬，是現實生活中可能發生的事件（如伴侶不忠）。

其下子類型：嫉妒型（Jealous Type）

妄想內容為：相信伴侶對自己不忠，儘管無確切證據仍持續懷疑，可能導致監視、指控、暴力等行為。

與病態性妒忌的關聯

Morbid Jealousy 在臨床上常與「妄想性嫉妒型障礙（Othello Syndrome）」相對應，特徵為：

信念強烈且無法動搖（缺乏病識感）；

即使伴侶一再否認或檢查無異樣，仍持續懷疑；

常伴隨暴力風險。

事實上，DSM-5 並未單獨列出「Morbid Jealousy」或「Interpersonal OCD」為正式診斷，但二者常出現於不同精神疾病的臨床表現中。診斷時應由專業人員進行整體臨床評估，結合歷史、行為、病識與功能損害程度。

案例對比

阿健 vs 阿浩 ——愛中的執著，兩種截然不同的樣貌。

案例一：阿健（典型的病態妒忌）

阿健和女友交往三年，近半年來，他變得異常多疑。女友手機多看一眼，他便質疑：「你是不是又在跟誰傳訊息？」

她晚回一次訊息，他會站在樓下等她下班，一問就是：「是不是跟同事出去？你騙我！」

即使女友給他看聊天紀錄、電話通話清單，他仍不相信，堅信她出軌了。他偷裝 GPS 追蹤器，甚至偷偷查看她的內衣。

一次爭執中，阿健情緒失控，用力推了女友：「你騙我，你早就跟他有一腿！」

他堅持自己的懷疑是「事實」，不覺得自己有問題。即使親友指出他過度偏執，他只說：「我不是神經病，我只是看清真相！」

分析：阿健的妒忌是「固著式妄想」，無論有沒有證據，他都深信女友出軌，無法被說服。這正是病態性妒忌（Morbid Jealousy），屬於妄想性障礙的嫉妒型（Jealous Type Delusional Disorder），常伴隨暴力風險與極低病識感。

案例二：阿浩（Interpersonal OCD 的呈現）

阿浩是個敏感內向的男生，剛與女友交往三個月。他每天都訊息她：「你今天開心嗎？我有沒有哪裡說錯話？你還喜歡我嗎？」

女友只要晚回一小時，他就開始翻查對話紀錄、反覆閱讀：「剛才我是不是太冷淡？她會不會誤會？」

每次見面他都道歉：「如果我剛才說錯話，請原諒我。」女友雖然一再保證他沒問題，但他仍不斷尋求肯定。

阿浩知道自己這樣很煩，他哭著說：「我知道我這樣不好，但我就是控制不住。我好怕她不愛我了。」

分析：阿浩的情況是典型的人際強迫傾向（Interpersonal OCD），他有病識感（知道自己焦慮不合理），但無法停止重複檢查與尋求保證。他的困擾源自對「被拒絕」與「自我價值不足」的極端恐懼。兩者比較：

項目	病態性妒忌（阿健）	人際強迫傾向（阿浩）
核心信念	對方背叛我	我説錯話會失去對方
病識感	幾乎沒有，堅信懷疑是對的	病識感存在，知道焦慮不合理
行為表現	跟蹤、質問、甚至暴力	道歉、反覆確認、回顧對話
情緒基調	憤怒、偏執、侵略性	焦慮、愧疚、自我否定
治療方向	抗精神病藥物、CBT 與依附治療	CBT、暴露反應預防、情緒調節

阿健與阿浩的愛，都充滿不安與恐懼，但其心理動力與行為後果迥異。病態性妒忌充滿侵略與扭曲現實的控制，而人際強迫則充滿自我懷疑與焦慮，唯有理解其根源，方能避免關係走向極端。

所以我認為吳還有脆弱型自戀人格障礙的傾向，

脆弱型自戀人格 Vs 邊緣型人格

臨床對比分析

項目	邊緣型人格障礙	脆弱型自戀人格
核心恐懼	被遺棄、被忽視	被羞辱、被否定、自尊崩潰
自我認同	不穩定、空虛感、角色混亂	深層依賴他人肯定
情緒特徵	情緒劇烈波動、憤怒、悲傷交錯	焦慮、羞愧、隱性怒火

人際關係	理想化與貶抑交替、黏著與排拒混合	表面退縮、內心渴望肯定、過度防衛
病識感	通常存在，常覺痛苦並主動求助	病識感低，容易否認脆弱

心理特徵與行為模式對照

面向	邊緣型人格	脆弱型自戀人格
情緒調節	失控、難忍孤獨或被拒絕	遏抑、自我防衛、對羞辱敏感
人際防衛	情緒爆發、自我傷害、理想化與貶抑交錯	冷漠切割、被動攻擊、內心記恨
愛與關係	極度依戀、對愛又渴望又恐懼	關係是維護自尊的工具，自尊受傷即抽離
表達方式	爆炸性情緒、哭鬧、挽留又攻擊	冷淡、沉默、隱藏情緒、不說破

臨床比喻

角色對白	所代表人格
「你為什麼不理我？你是不是不要我了？我真的想死給你看！」	邊緣型人格：情緒劇烈，深怕被遺棄
「你讓我丟臉，我不會忘記的。我不會再需要你。」	脆弱型自戀人格：對羞辱過度敏感，轉為冷漠切割

精神分析觀點差異

構面	邊緣型人格	脆弱型自戀人格
防衛機制	分裂、否認、投射、自我傷害	理想化、羞辱敏感、防衛性自戀化
依附風格	焦慮依附、缺乏穩定自我	混合依附：退縮外表下的渴望
自戀結構	有自戀需求但以關係為主軸	核心為脆弱自戀，自我價值依賴外界評價

治療重點比較

項目	邊緣型人格	脆弱型自戀人格
關係挑戰	過度依附，易攻擊與理想化治療者	退縮疏離，羞辱防衛或沉默敵意
介入模式	DBT、MBT、TFP 等強化邊界與情緒調節治療	自戀調整治療、依附與情緒探索式治療
核心修復	建立穩定自我感與情緒調節	增強真實自尊、修復羞辱創傷

案例對比

邊緣型人格障礙 vs 脆弱型自戀人格

以下案例展示兩種看似相似但本質截然不同的人格結構——邊緣型人格障礙（BPD）與脆弱型自戀人格。他們都渴望被愛，卻以完全不同的方式表達痛苦與防衛內心。

案例一：阿嵐（邊緣型人格障礙）

阿嵐是一位 26 歲的女性，在情感關係中總是極度投入而迅速失控。起初她全心付出，但只要對方回訊慢了、語氣變了，她馬上陷入懷疑與崩潰。

她常說：「他是不是不愛我了？我是不是太差了？我根本不值得被愛。」當她覺得自己被忽略，會立刻激烈反應：打電話數十次、在社交媒體發洩，甚至割腕以引起注意。

當男友提出分手時，她一方面跪求挽回，一方面大罵對方：「你從頭到尾都在玩我！我真的想死給你看！」

心理剖析：阿嵐的情緒劇烈，對被遺棄的恐懼驅使她以極端方式維繫關係，展現典型的邊緣型人格結構。

案例二：阿正（脆弱型自戀人格）

阿正是一位 28 歲的男子，在人前表現得文靜有禮，但內心極度不安。他與學歷高、外型佳的對象交往，希望獲得肯定。

聚會上女友與他人多談幾句，他回家後冷戰多日，不再主動聯絡。他不會質問，但會默默關閉社交帳號，讓對方感到被懲罰。

他說：「我知道我不該多想，但我真的覺得她在羞辱我。我付出那麼多，她怎麼可以不顧我的面子？」

分手時，他只傳去一封冷淡長信：「我曾那麼相信你，卻換來這樣的羞辱。我會記住這種失望。」

心理剖析：阿正的自戀是隱性的，防衛反應常以冷漠與退縮呈現。他對羞辱高度敏感，是脆弱型自戀的表現。

對照分析

項目	邊緣型人格（阿嵐）	脆弱型自戀（阿正）
情緒表現	激烈、外爆、自我傷害	遏抑、退縮、冷漠報復
核心恐懼	被遺棄	被羞辱
自我認同	空洞、混亂、易受外界動搖	表面穩定，實則依賴他人肯定
防衛反應	情緒失控、依附與攻擊交錯	冷淡隔離、被動懲罰、理想破滅
關係模式	劇烈依戀與分裂反覆	渴望肯定但快速切割關係

吳欣鍵心理特徵高度吻合「人際關係強迫傾向」與

「脆弱型自戀人格」的交疊表現

一、人際關係強迫傾向（Interpersonal Obsessive-Compulsive Tendencies）

吳表現出明顯的特徵：

對女友的愛與關係高度依附與焦慮；

反覆要求確認、控制其行蹤、情緒勒索（例如以自殺威脅）；

害怕被拋棄所引發的焦躁與強迫性監控行為；

對於是否「被愛」、「被回應」的需求無法滿足時，情緒迅速崩潰；

這些行為模式與「人際型 OCD」的強迫—焦慮—確認循環相符，但進一步失控時，行為也跨越至具侵略性與報復傾向。

二、脆弱型自戀人格（Vulnerable Narcissism）

吳的心理輪廓亦與此人格特質相符：

他自尊極其脆弱，強烈在意外界（尤其是戀人）對自己的看法與價值認同。例如：感到「女尊男卑」、自認工作像工人多於工程師、常與對方家庭背景比較；

對拒絕與失落的忍受度極低，並將這些感受轉化為「羞辱」與「報復」。例如：在面對分手威脅時，非理性地選擇暴力殺害女友，作為一種「奪回控制與尊嚴」的極端方式

表面溫和、無前科、背景良好，情緒卻在失去關係與價值映照時全盤崩解。

這些特徵不屬於浮誇型自戀，而是深層不安、退縮、易羞辱感驅動的「隱性自戀」結構。

結語

面向	是否符合
人際強迫傾向	高度符合，具反覆確認與焦慮依戀的行為模式
脆弱型自戀人格	符合，自尊脆弱、羞辱敏感、行為劇烈報復性
臨床診斷角度	不能單一診斷，可能符合人格障礙特質群（混合型）

不過這些心理分析和診斷，既不是 DSM-5 中相關的精神科的診斷，更不能成為減輕刑責的求情恩素。

. . . . .

這是一封寫給 Annie 的信，讓我們懷念她的生命，也為她發聲。

Annie：

妳應該在微笑吧？妳總是那樣，陽光地說：「我將來想做護士，幫到人就開心了。」

沒人會忘記那天妳坐上那班巴士，原本只是準備去上班，未料，那竟是妳人生最後一程。

而我竟然在咫尺之隔看到你被救護員抬上車。

妳只是做了一件無比正常的事：說不，拒絕一段不健康的關係。想拿回屬於自己的東西，卻因此付上生命。

我們知道，妳並不是誰的附屬品。妳勇敢，堅定，妳想為自己選擇人生。只是，這世界對女性的拒絕，仍充滿太多風險。當「你們可以離開我」變成利刃，當愛被誤解為擁有，那些本應保護妳的人，卻成了加害者。

Annie，我希望你的故事，能喚醒社會學懂讓「尊重」與「界線」，成為愛的前提，而非代價。

安息吧，小護士。我們會記住妳，會讓妳的故事不被遺忘。

——苗醫生

我也寫了一封信給吳欣鍵——

吳欣鍵：

你讀到這封信時，應該是在牢房的某個角落。或許已過去多年，但在許多人心中，那一天仍如昨天般清晰——你在巴士上，當著閉路電視的鏡頭，用刀一下一下地刺進她的身體，一共三十三下。

她是李倩姮。她有名字，有夢想，有未來。而你，曾是她信任的人。

我寫這封信，不是為了寬恕，也不是為了詛咒。我想問你：在你動手的那一瞬間，你心裡想的是什麼？是報復？是絕望？還是，你真的以為這樣就能挽回什麼？

你說你愛她。可你是否知道，真正的愛，是讓對方自由，不是把她綁在恐懼之中，更不是將她帶入死亡。

你有接受過心理治療嗎？有人告訴過你，所謂的「不能失去」其實是內在自我破碎的投射？你是不是從來不相信，一個人也能活得好？

在你的生命裡，你可能從未學會怎樣健康地愛一個人。你不是把對方物化，用控制來證明存在感，用佔有來換取安全感。但你忘了，每一段關係裡的「人」，都不是用來填補你心中空洞的工具。

你不是精神病人，法庭已這樣裁定。你要為你所做的一切負起全責。但在你服刑的每一天裡，我希望你能有勇氣，真實地面對你心裡的那些黑暗：你的恐懼，你的慾望，你的殘酷、你的自我毀滅。

請記住那個叫Annie的女孩，她從未真正恨過你。她只是想走出來，想保護自己。她最後的選擇，不是報復你，而是離開你，但你卻選擇將她從這個世界抹去。

你無法改變過去，但你能改變你的心。若還有一絲悔意，請用餘生承擔、理解、修復。

不是為了贖罪，而是為了做一個終於能面對自己的人。

這封信寫給你，也寫給所有在關係中迷失、控制，或選擇去傷害的人。愛，不該是用恐懼維繫的牢籠。

—— 苗醫生

如何安全地分手

吳欣鍵具有人際強迫傾向與脆弱型自戀人格的心理結構，那麼對於像 Annie 這樣處於關係中的女性來說，「如何安全地分手」並不是一件單靠善意與理性就能解決的事。

為什麼這樣的人格結構使分手變得危險？

1. 強迫控制型依戀者無法忍受「被拋棄」這種對自我價值的否定。

2. 脆弱自戀者將分手視為「羞辱與貶低」，不是關係結束，而是尊嚴被撕裂。

3. 因此，他們常以極端手段奪回主導權：包括威脅、自殘、報復，甚至致命暴力。

這些反應並非來自愛，而是來自一種深層的崩潰與報復式的防衛機制。

如果能重來……

Annie 可考慮的安全分手策略：

不過，即使 Annie 做得再「正確」，這種人格結構本身仍有暴力風險，她還頂著「數位性暴力」（digital sexual violence）的壓力！

提前諮詢專業人士（臨床心理師 / 社工 / 警方）

若曾出現控制、跟蹤、自殺威脅、暴力言語等跡象，應視為高風險關係；

可諮詢專家制定安全撤離計畫（safety plan）

避免單獨會面、預告分手或激烈談判

這類人格會將「預告式」分手解讀為挑戰與羞辱；

與其糾纏爭論，不如選擇冷靜、短句式表達後撤離聯絡

（不過吳私藏她大量性愛相片和影片，令難度增高。）

「斷聯」不等於「狠心」，而是保護雙方

吳這類人常會瘋狂尋求「確認」與「補償」，但每一次回應都是變相強化；

直接而穩定的斷聯，比曖昧地回應更能減少風險

避免說「你很好，只是我配不上你」這類自責語言

脆弱自戀者會將此類話語扭曲為：「你看不起我」「你在假裝仁慈」，更容易激發報復心理

轉由第三方斷聯或歸還物品（如照片、禮物等）

讓對方無法與妳本人直接接觸，減少衝動機會

可交由社工、心理師、朋友　助交收彼此私人物品

分手語句建議（簡短明確、無解釋空間）

「我們之間的關係已經讓我感到壓力與痛苦，我已決定分手，這是我深思熟慮後的決定。我不會改變，也不再討論。請尊重我的選擇。」

不過可能吳心裡想：

「我不能輸給妳，妳怎麼可以這樣羞辱我離開？」

因此，不是 Annie 做錯了什麼，而是她面對的是一個無法接受自主選擇的對象。

不過身處被控制、情緒勒索、數位色情暴力關係中，溫柔與理解救不了妳，只有「界線＋協助」才能保護妳的生命與尊嚴。

Annie 值得一段自由、互相尊重的愛，而不是一個讓她付出生命代價的牢籠。

我最後沒說出口的話——Annie 致這個世界的一封信

親愛的你們：

我已經離開了這個世界，不是我選擇了死亡，而是我在一段本應自由的戀愛中，被奪走了選擇的權利。

我只是個普通的女孩，有一點理想，有點不安，但也有滿心的柔軟與善良。我想成為護士，想照顧別人，想讓自己成為對社會有用的人。

但最後，我沒能保護好自己。

我曾愛過一個人。我以為他只是脆弱、只是需要我更多一點的理解與陪伴。

他說他愛我，卻用那份「愛」監視我、控制我。

他要求我稟告自己每一刻的行蹤，監控我的選擇和自由，說如果我離開他，他就會死給我看。那時我還年輕，還相信愛是可以挽救一個人的。

直到有一天，我跟他宣告分手後，我想拿回那些私密照片和影片，他根本不肯全部還給我，因為他曾要脅要披露這些東西。

我害怕。不只是害怕那些照片被看見，而是害怕我已經不是我自己的了。我的身體、我的自由、我的選擇、甚至我的聲音，都不再屬於我。

我鼓起勇氣想說分手。他看著我，眼神像一把刀。他說：「你敢離開我？我就讓你身敗名裂。」

我知道，他不是開玩笑。他說過會毀了我，就像我「毀了他」一樣。

那一刻，我看到了他眼中的恨，那不再是愛。我想逃，可惜太晚了。

當他跟我在巴士上一起坐時，大家都是平靜的交談著，轉瞬間，他那把刀落下時，我甚至沒有反抗。我隱約見到他滿頭大汗，氣喘吁吁、情緒失控地用刀插入我的身體，其實我一早已經沒有感覺了。

我飄出身體，只是看著他，一個我曾深愛過的人，用力把我撕碎。

你們以為我是被刺了三十三刀才死的。其實我一早就進入了這個死囚監倉，由他以死相迫的情緒勒索那刻開始。

但如果我能留下最後一句話，我想對每一位曾像我一樣忍讓、心軟、為愛犧牲自己的女孩說：

當一段關係讓你開始害怕、開始自我懷疑、開始失去邊界，那就已經不再是愛。

你不需要犧牲自己去成全一個情緒不穩的靈魂。你不是拯救他的人，更不是他痛苦的容器。你是你自己，完整、自由、值得被尊重。

如果這封信能讓哪怕只是一個人逃離控制、走出黑暗，堅定地說「夠了」，那我的消逝，也許就不是全然白費。

請替我好好活下去。替所有曾被沉默的女孩，好好活下去。

—— Annie

Annie × 吳欣鍵的雙面靈魂書信

Annie：

你總說，我是你活著的全部。可你從沒問過，我是否能在這個「全部」裡喘息。

我曾給你我的信任、我的時間，甚至我的身體。你握著那些照片時，我原以為你會保護我，不是拿來威脅我。

你說你愛我。可你的愛為什麼像掛在我頸項的繩套，只要我想逃，你就拉緊繩索？

你不是因為心痛才毀掉我，是因為你從沒把我當成一個可以說「不」的人。

吳欣鍵：

我知道。那天你的眼神沒有恨。只有難以置信的驚慄悲傷。那比咒罵更刺痛我。

你用盡全力活得像光，而我用盡全力想把你握住。可是光是握不住的，不是嗎？

我把你變成我自尊的延伸，當你想離開時，我就像掉進深井的孩子，只剩撕裂與怒吼。

我說過要死給你看，我好像被宣判為無價值，被世界遺棄。我用刀不單是刺你，也是在殺那個「無法被愛」的自己。只是錯了、全錯了。

Annie：

你不知道，我由對你心軟、變成抗拒你、想跟你分手，不是我移情別戀，而是在回到自我。

如果我能重來一次，我會早點走，早點懂得：再多的善良，都不能感化一顆沉溺於自卑與控制的靈魂。

吳欣鍵：

妳說得對。我不是失去了妳，我是毀了妳。

而我現在終於懂了什麼是「有些人不是不愛你，而是他們不會愛。」

我不懂得放手、不懂得尊重，只懂得抓緊、勒死、撕裂。

你曾經問我：「你真的覺得這就是愛嗎？」

我當時答不出來，現在我明白了——那不是愛，那是恐懼的變形，是一個脆弱而扭曲的靈魂用憎恨包裹的哀求。

如果這世上還能讓我贖罪的方式，就是讓更多像我這樣的人看見：愛不是吞噬，不是佔有，不是「如果你不愛我，那我就毀了你」。

愛，是讓你自由。讓你發光。不是讓你消失在血泊裡，成為我無能為力的人生裡唯一的證明。

Annie 走了，留下的不只是悲傷，而是一道對全社會的提問：當戀愛變成控制，當拒絕被視為背叛，當脆弱的情緒沒人理解、沒人介入，悲劇是否總會重演？

願這場無聲的教訓，喚起我們對心理健康的重視，願社會為情緒失控者提供更多援手，也願我們都學會：真正的愛，是放手，不是毀滅。

第六章

我是誰？

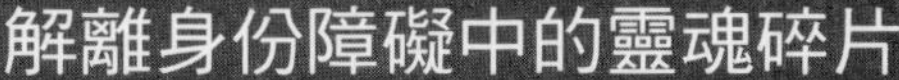

解離身份障礙中的靈魂碎片

解離身份障礙（Dissociative Identify Disorder DID）

某年，有位編劇來找我，他低聲問：「苗醫生，你能告訴我一些解離身份障礙的真實案例嗎？」

我看著他，他的眼神誠懇而急切。我心中一動，卻遲疑了。那時候，我尚未遇見真正符合診斷標準的病人。倒是遇過幾位自稱有「多重人格」的患者，他們的語言很激烈，説起來頭頭是道，但在我看來，從精神醫學的角度衡量，這些更像是一種內在混亂的投射，一種無從安頓自我的心理訴求，而非經典的解離身份障礙（Dissociative Identity Disorder, DID）。

記得有一位患者，一進門便開門見山：「我有很多人格。」

我問：「你來治療的目的是什麼？」

他答：「我想將這些人格重整。」

我沒有急著給他建議，只是順勢問他：「那你想像一下，當人格重整之後，你會變成一個怎樣的人？」

他沉默了。

那不是一種語言找不到出口的沉默，而是一種從未設想過的、陌生的、近乎無知的沉默。他的表情忽地變得茫然，就像一個從來未曾看過地圖的人，突然被要求指明終點。

他不知道，其實也從未試著想像過，那個「整合之後的自己」是怎樣的。

我沒再多問。人的心靈若未準備好承受答案，醫者再多的探問也只是徒然。

直到近年，我才真正遇見了三位被正式診斷為 DID 的患者。他們的出現，不只讓我重新理解這個病症，也讓我對「療癒」一詞，有了比過去更謙卑也更深刻的體會。其中兩位與我建立了長年且穩定的治療關係，這在 DID 的病程中，殊為難得。

治療，不只是將人格「拼起來」那麼簡單。DID 不是靠幾顆藥就能解決的問題，它更像是……一場長期與創傷對峙的旅程。每一個分裂的人格，並不是胡亂生成的幻象，而是在某個極端痛苦的時刻，心靈為了求生，所築起的一處心理避難所。

這些人格，有的像孩子，有的像保護者，有的沉默寡言，有的則大聲怒吼。他們不過是那個曾經幼小的「我」，在生存與崩潰之間，用盡全力抓住的一線浮木。

作為治療者，我不能粗暴地拉扯這些人格出來，不能倉促地抹去他們存在的痕跡。真正的治療，是緩慢的，是一場重建關係的歷程——一種穩定的、恆常的、幾近「養育式」的關係（re-parenting），在這關係中，患者才可能一點一點學會什麼是安全，什麼是界線，什麼是可以信賴的連結。

那些真正被診斷為 DID 的人，並非演戲，也不誇大。他們常常走在現實與痛苦的邊緣地帶，一腳踏在記憶的碎片中，一腳又強撐著在日常生活中站穩。他們的勇氣，並不在於他們的堅強，而在於即使那麼多撕裂與混亂，他們仍願意和我，一個外人，一起進入修補的過程。

這樣的歷程，絕不是簡單的醫學病歷，而是一段深邃的人生經歷。在那無數被劃裂的記憶中，他們試圖一點一點找回自己真正的模樣——不再是某個人格，而是整體的、統一的「我」。

想到解離身份障礙，我便會想起 Mary。

她的出現，改變了我對這一心理障礙的理解。她來的時候很安靜，安靜得讓人幾乎忽略她身上的風暴。但我知道，在那份平靜之下，潛藏的是一個人的全部過去——不只創傷，還有為了生存而建造的種種「自我」。

她的故事，讓我相信，再碎裂的靈魂，也可以慢慢修補；再混亂的心，也有可能重歸秩序。

而我所能做的，不過是坐在她身旁，靜靜等她願意啟程。

初見 Mary

我第一次見 Mary，是去年的春天。那時節，萬物甦醒，空氣裡藏著微弱的暖意，而她卻像一片早凋的葉子，飄進了我的診所。

她二十歲，藝術系的學生。初見時身穿著一件素灰長外套，雙眼低垂，整個人仿若被某種沉重的陰影包圍著。她與母親同住，父母早在她八歲那年便離異。兄長自幼隨父而去，她則由母親撫養。然而，母親忙於事業，回家時常常已是夜深，日常的關心只剩下例行的叮嚀與問話。

「她遭遇了性暴力，但家人竟然毫不知情。」Mary 的朋友 Joan 曾在一次談話後對我說。語氣裡沒有譴責，只有淡淡的無力。

我問 Mary：「你有什麼想跟我說嗎？」

她微微垂下頭，聲音微得幾乎聽不見：「我……不太好。」

那聲音不是怯懦，而是某種從內在被撕裂後的空洞。彷彿她早已用盡力氣，把一切痛楚藏進無聲的角落。

創傷的開始：性暴力事件

那是一年多前，她在英國求學時發生的事。一個醉漢，無預兆地在街上襲擊了她。性暴力，伴隨著身體的重創，讓她陷入極深的創傷深淵。

「我被打斷了手骨，所有的掙扎都沒有用……」她一邊說，一邊顫抖地捧著那只如今已癒合的左手。她的聲音沙啞，眼神恍惚，彷彿仍被困在那個瞬間。

事後，她開始出現創傷後壓力症候群（PTSD）的典型反應。反覆的噩夢、閃回、幻聽、不眠，交替糾纏著她。她說，常常在夜裡驚醒，耳邊會傳來刺耳的男聲：「滾回去，你不應該在這裡。」

有一次，她忽然在診室裡緊張起來，滿身冷汗。

我問她怎麼了，她驚慌地問我：「我是不是瘋了？」

我沒回答，只是遞給她一杯水。

水杯裡的水晃動著，如同她那一刻心中的恐懼。那不是瘋狂，而是創傷的回聲。

童年情感忽視與人格分裂的雛形

Mary 的童年，是一段無聲的空白。父母分離後，傭人代替母親的身影陪伴她成長。她渴望過母親的關注，但換來的，常常只是語氣冷淡的拒絕。

「媽，你今天能早點回來嗎？」那是她年幼時的聲音。

「不行，工作太多了，要晚一點回來。」那是母親不假思索的回應。

長年累月下來，Mary 將自己的感受封存起來。她像是在自己心裡築起一座暗房，將所有的悲傷、憤怒與孤獨通通鎖進去。直到有一天，那扇門悄然打開——不是因為解脫，而是因為創傷來勢洶洶，迫使她無法再獨自承受。

解離人格的出現

她在某次治療中說，她的內心有四個人格。

「有時候，我感覺他們都在控制我。」她顫聲說。眼中沒有戲劇性的誇張，只有真實的困惑與恐懼。

她為我描繪：

Margaret，憤怒的化身，時常咆哮、摔東西，是她對創傷與不公的強烈反應。

阿達，像個貪玩的小女孩，渴望自由與純真，卻常在酒精中迷失方向。

Megan，理性而溫和，是保護者，也是那個夜裡在她耳邊輕聲說話的聲音。而 Mary 本人，則是每日生活中那個「表面上的她」，但內裡卻已支離破碎，無力掌控其他人格的出現與退出。

這些人格，不是幻想，也不是矯情的演出，而是她在不同創傷時刻，為了生存所生出的自我保護機制。

治療與重建

為了幫助她整理心緒，我建議她嘗試寫日記——不是流水帳，而是向自己傾訴的信。她一開始抗拒，說「我寫不出什麼來」，但後來，那些記憶與感受漸漸從她筆尖流出。

她在日記裡寫下夢境，也寫下夜裡突如其來的悲傷。她寫下對自己不同人格的疑問，也記錄下與他們對話的片段。

有一天，她鼓起勇氣，對母親說出了那段留學期間的創傷。母親沉默許久，只說：「我不知道……你經歷了這些。」

她沒有得到溫柔的擁抱，也沒有劇情般的悔意。但那一次對話，讓她終於不再是一個人面對傷痛。

「你願意告訴我更多嗎？」我問她。

她點頭，眼中閃過一絲脆弱但堅定的光芒：「我還是很害怕，但我會試著說出口。」

解離人格障礙的成因與應對

Mary 的診斷，確定為解離身份障礙（DID）。這不是一個標籤，而是一道診斷之門，讓我們得以走入她複雜的內在世界。

當人類面對極端心理創傷時，大腦有時會自動啟動解離機制，把那段經歷與痛苦切割、分散。每個人格都承擔一部份苦難，像一座座孤島，彼此相望卻無橋可通。這些「人格」，短期內是保護她的盾牌，但長遠來看，卻也使她無法整體地生活與感受。

治療無法速成，要經年累月。

重建安全感：我和她一同營造一個穩定且可預測的治療空間，讓她逐漸降低對解離的依賴。

情感整合：透過書寫與對話，幫助她理解每個人格的來由——它們不是敵人，而是不同階段的她自己。

面對創傷：在她準備好之前，我從不主動引導她談起那晚的細節。每次閃回來襲時，我陪著她等待風暴過去。

這並非一條平坦之路，甚至不能說這是一條能保證終點的道路。但她願意走，我也會陪她一起走下去。

Mary 並不瘋狂。她只是被傷得太深、太久，而仍有勇氣尋求療癒。這樣的心靈，不是脆弱，而是令人敬佩的堅強。

我所能做的，不過是給她一盞燈，照亮她穿越心靈夜路的一段距離——僅此而已。

童年的情感忽視與孤立：人格分裂的起源

Mary 的童年乍看之下無大波瀾，沒有外在的暴力、沒有明顯的遺棄。但那並不表示她的成長過程中充滿溫暖。事實上，她所承受的，是一種極為隱蔽卻持續不斷的情感空白。

父母在她八歲時離異，父親自此遠去，她留在母親身邊。母親為了生計疲於奔命，與其說是漠視，不如說是對情感無能。她與母親之間的關係，如同一張未被展開的信紙，始終缺乏對話與真實的接觸。

Mary 很早便領悟：在這個家庭裡，表達情緒是無效的。她曾試圖向母親分享自己的喜悅、憂傷、恐懼，但換來的往往是一句簡短的「我很忙」，或是不加思索的「別想太多」。於是她收斂了表情，隱藏了感受。她開始在內心壘起一道又一道看不見的牆，為的是避免一次次情感投射後的失落。

長期的情感忽視，不會立刻顯形，但會一點一滴地削弱一個人與外界建立信任與依附的能力。

對 Mary 而言，這種孤立並非她的選擇，而是她唯一能夠承受的方法。

解離的起點：當心智為求生自我切割

當創傷真正發生時，如她在英國留學期間所經歷的性暴力事件，她早已失去了向他人求援的反射。那場突如其來的襲擊，令她在幾分鐘內失去了對身體、對空間、對時間的掌握。她說：「那一刻，我像從自己身體裡退出去了，只剩下一副空殼。」

這種經驗，在心理學上稱為「解離性脫離」（dissociative detachment）。detachment）。它不是虛構，而是一種深刻的神經心理反應。當一個人面臨無法逃脫、也無法對抗的極端創傷時，大腦會啟動一套自我保護的系統——

將過於痛苦的經驗暫時「切割」出主意識之外，將其分派給一個「他者」來承擔。

這個「他者」，久而久之，便成為一個分裂出來的人格單元。

分裂人格的保護功能

這些內在角色的形成，並非病態幻想，更不是心智崩潰的象徵，而是極端條件下對心理完整性的保護性延伸。每一個人格，都是 Mary 為了在無法承受的環境中活下去所創造的生存形式。

Margaret：憤怒的承載者

她並不是無故出現的暴躁人格，而是 Mary 面對不公與羞辱時的情緒代表。Margaret 的語言鋒利、行為激烈，替 Mary 承擔了那些她本體無法表達的怒火。她是一道心理盾牌，讓 Mary 在面對威脅時不至於再度崩解。

Mary（本體）：焦慮與維持者

本體人格 Mary 是日常生活中最常出現的一面。她嘗試維持秩序、參與社交、完成學業——這些事對一般人而言稀鬆平常的小事，對她來說卻是高度耗能的挑戰。因為她不只是活在當下，還要時時提防來自內部的混亂與取代。

她說：「我每天都像在開著幾個瀕臨斷電的儀器，一邊走路、一邊說話，但其實一直在等待哪個聲音會突然跳出來，奪過方向盤。」

人格分裂的邏輯不是逃避，而是容納

解離，不是單純的逃避創傷記憶，而是一種將無法承受的情緒與經驗「分裝」出去的策略。這樣做的好處，是讓本體得以繼續日常運作，避免即刻精神崩潰；其代價，則是人格的整體性漸漸消失，自我感逐漸模糊。

這樣的心理運作並非全無秩序。事實上，Mary 的每個人格都有「默契」地分擔任務：誰負責應對壓力、誰負責保護、誰負責發洩。這種內在編排初期看似混亂，實則是她在絕望之中建立的一套心理生存體系。

當保護變成困境：治療的介入意義

然而，這套系統是建立在痛苦與分裂之上的。當創傷不再只是回憶，而是持續入侵日常——透過閃回、幻聽、遺忘、人格切換——Mary 開始明白，她已無法靠這些分裂的自我獨自走下去。

解離的保護功能，在短期內有效，但隨著時間過去，卻使她無法與自己真正相處。她曾問我：「我是不是永遠都得靠這樣的方式過一生？」

我回答她：「這些人格保護了你。但現在，你可以學著自己保護自己了。」

這不是一句勵志語錄，而是一條極為艱難的路。治療的目標，不是壓制人格，也不是強行整合，而是重新建立一種內在對話的秩序。讓每一個人格知道：她們都曾是必要的，但未來，Mary 將學會如何在不分裂的狀態下繼續前行。

解離人格障礙的心理影響與挑戰

當一段創傷性的經歷無法以言語處理、以情緒排解時，心智有時會選擇一條看似荒誕卻深具保護意義的道路：將痛苦切割，儲存在不屬於「自己」的意識中。

Mary 正是這樣走向人格分裂的。

她的內在世界，有著多個人格，每一個，都像一名沉默的守門人，在特定情境下悄然現身。例如，當她感受到外界的威脅時，憤怒而防衛強烈的 Margaret 會突然取代她的意識，替她說出原本無法說出口的憤懣。而當情境變得柔和，需要情感交流時，另一位人格——天真、無防備的阿達，便會主動承擔這份渴望與表達。

人格的切換並非經過 Mary 的同意，甚至未經她的察覺。意識如同一扇被風吹開的窗，她往往是在風過以後才發現，房間裡已經換了人。

這樣的生活狀態，使得她經常無法理解自己的言行，甚至無法向他人解釋那些「明明不是我做的事，卻確實發生了」的經歷。她在人際關係中變得不穩定，在學習或工作上出現無法預測的遲滯與混亂。而最大的困難，是那份逐漸崩解的自我感——她不知道自己是誰，也無法完全掌控自己的存在。

人格功能分化的心理機制

在重創之後，Mary 的情緒變得極端不穩。她陷入一種長期的困惑、失控與敏感，無法以成熟的方式處理心理衝突。為了維持心理穩定，她的潛意識選擇將不同的情緒與創傷記憶拆解，交由不同人格來承載。這是她心理防衛機制的自發運作——既是避難，也是生存策略。

這些人格各自承擔著功能，有如內心劇場的角色分工：

Megan 是理性與穩定的化身。她在 Mary 情緒瀕臨崩潰時出現，負責冷靜思考與基本生活秩序的維持。她讓 Mary 看起來「還能應付」，但也同時遏抑了 Mary 對創傷的真實感受。

Margaret 是怒火與反抗的載體。她坦率直言，脾氣暴烈，對世界懷有敵意，卻也讓 Mary 在面對不公時免於再度受創。她承載了那份「不被保護」的憤怒，儘管代價是與人際世界的隔絕。

阿達 則是 Mary 對純真與快樂的最後一絲想像。她單純、貪玩，容易信任他人，也因此最容易遭遇再次的傷害。她的出現，既令人心疼，也透露出 Mary 童年未竟的需求從未真正消失。

Mary（本體） 承擔著表面正常的責任，卻長年背負焦慮、恐懼與無力感。她努力運作、維持現實，但越是遏抑，就越感孤立。她的痛苦在於明知無法掌控，卻仍要堅持擔當。

這些人格的出現，最初是為了減輕創傷的心理負荷，讓 Mary 在無法承受的情境中得以「部分地存活」。這樣的機制不是錯亂，而是身心為了延續而做出的選擇——一種極端的智慧。

解離與創傷記憶的惡性循環

性暴力事件過後，Mary 的世界陷入持續性的恐懼。她變得難以入睡，甚至設置多重鬧鐘來阻止自己進入深層睡眠；她攜帶小刀自保，耳邊不時傳來幻聽。這些行為不只是焦慮的產物，而是創傷尚未被整合所留下的殘餘效應。

創傷後壓力症候群（PTSD）經常伴隨著記憶閃回、噩夢與幻覺，讓人反覆被過去「重新經歷」。Mary 每次閃回都如身歷其境，無法分辨記憶與現實的界線。在這種狀態下，大腦會再次啟動解離反應——將當前的痛苦經驗交由人格中最能處理的那一位承接。

而這樣的機制，一旦頻繁，便形成惡性循環：創傷導致解離，解離使創傷更難整合，最終造成日常生活與內在經驗的割裂。Mary 漸漸無法確定某些話語是否自己所言，也無法追溯某些行為的起因與結果。她變得對自己的記憶與身份產生懷疑，這種「自我認同的動搖」，正是解離身份障礙（DID）的核心痛點。

治療方向：從認識到整合

治療的目的，並非強行抹除這些人格，也不是急於消除症狀，而是陪伴她逐步建立對內在世界的理解。唯有理解，才能促成整合；唯有整合，才能重建主體性。

我會邀請她與每一位人格對話，不急著判斷是非，不倉促要求融合，而是引導她理解每一位內在角色的成因與功能——那是她在風暴之中倖存的證據，不是負累。

在這樣的歷程中，她開始重新學會命名情緒、辨識界線，也開始承認那些她曾極力否認的脆弱與渴望。

解離是創傷的結痂，不可撕裂，也無需羞恥。它只是一種說明——這個人曾經承受過太多，而今仍願意活下來。

治療的方向：重建安全感與整合人格

要打破這種反覆上演的解離與恐懼的惡性循環，首要之務，是為 Mary 重建一種內在的安全感。

這並非單憑安慰之語或理智規勸所能完成，而需長時間的治療關係所培養出的信任與穩定。透過創傷焦點治療（Trauma-Focused Therapy），治療師將陪伴她回到那些未曾處理過的記憶現場——不是為了重演創傷，而是為了逐步將這些支離破碎的片段重新納入她的生命敘事。如此，方能慢慢鬆動她對解離機制的依賴。

同時，治療的另一項關鍵工作，是與她內在的各種人格合作，不遏抑、不否定，而是嘗試理解這些人格所代表的情緒與功能，並協助她與這些角色重新建立關係。所謂「整合」，並不是一夜之間將所有人格歸併為一，而是一種深層的認識與接納，讓她逐漸能以更完整的「自己」來回應這個世界。

解離人格障礙的心理學根源

Mary 所經歷的解離人格障礙（Dissociative Identity Disorder, DID），從來不是單一事件的結果。那是一條漫長而隱蔽的演化之路，背後牽連著創傷、依附、情緒與防禦等多重心理層面。若欲理解這個現象，不能僅從「發病」的那一刻起算，而應溯源於更早以前，那些看似微小、卻日復一日削弱她心理韌性的經歷。

創傷記憶的分離與儲存

當一個人面對難以承受的事件，大腦不一定會將記憶以線性、完整的方式保存。創傷往往是被破碎化儲存的，它們可能以畫面、聲音、身體感受等非語言形式潛藏在潛意識深處。為了不讓這些痛苦直接淹沒核心意識，Mary 的心理系統啟動了解離：將這些記憶、情感與行為分派給不同的人格角色。

這些人格如同臨時替代者，在 Mary 無法承受之時替她活著。

她的日常雖能繼續運作，但代價是她逐漸無法確知：究竟哪一個「自己」才是真正的「我」。

依附關係與情感發展的斷裂

依附理論告訴我們，一個人早期與照顧者之間的關係形塑了他日後如何感受愛、表達需求、建立信任。Mary 的童年或許並未有明顯的暴力，但長期缺乏回應與關懷，使她在依戀與退縮之間拉扯。她渴望親密，又害怕失落；她想靠近，卻預期被拒絕。

這種矛盾的依附模式，使她在面對更劇烈的創傷（如性暴力或情感剝奪）時，心理防衛變得更加脆弱——她只能依靠分裂來避免內在崩潰。

防衛機制的分層運作

DID 並非單純的「幻想出另一個人格」，而是極其細膩的心理防禦系統的運作結果。不同人格彼此不只是情緒表達的變體，更是具體承擔功能的角色：有的負責保護 Mary，隔離創傷記憶；有的承擔痛苦；有的維持表面的社會功能。她的心智如同一場內部協調的劇場，而 Mary，往往是站在舞台邊緣的那一位觀眾。

這樣的分工在短期內確實保全了她的基本功能，但久而久之，卻也令她難以統整經驗，最終陷入持續性的內在衝突與失控。

康復的條件與方向

協助 Mary 康復，不能急躁，也不能只是對她的症狀進行「修復」。治療的起點，是建立一種穩定而可靠的關係，讓她相信，在這個空間裡，她不需要防衛、不需要扮演，也不需要切割自己。

在此基礎上，透過創傷焦點治療與人格整合工作，我們協助她漸漸把那些曾經被切割出去的部分帶回來——不是為了合併，而是為了對話、理解、接納。這些內在角色的出現，是她生存的證明，如今也可以成為她復原的資源。

最終，康復並不是「回到過去的完整」，而是學會在當下承擔一個更整合的自己。這樣的整合，容納了創傷、也容納了脆弱，讓她能夠重新與這個世界建立關係，不再透過解離來逃避。

· · · · · ·

自認解離的人

容易確診嗎？診間裡，最難的時刻往往不是面對確診的創傷，而是遇到那些似是而非的症狀——模糊、不確定、難以歸類。尤其當當事人自己對自己的狀態尚未有足夠覺察時，治療便更像是一場慢行的探索，無法預設方向。

Rachel 是一位三十歲的單身女性，乾淨、得體，談吐中不見躁動，卻隱隱透出一種持續的低氣壓。她主訴的內容很簡單——「我不快樂」，這句話說得輕，卻是從某個壓縮過度的心室中擠出來的。她沒有表現出明顯的情緒波動，但整個人像罩著一層無法散去的灰霧。

在進一步交談中，她主動提到一件令我注意的事：「我覺得我有好幾個人格。」她說這話的時候，語調並不激動，甚至帶點平鋪直敘的口氣。然而，她接下來的描述卻顯得過度自覺——這些人格之間「截然不同」、「經常吵架」、「彼此否定對方存在」，並且「讓她痛苦到無法入睡」。

「為什麼這讓妳困擾？」我順著問。

她停頓了一下，然後用幾近敷衍的語氣說：「我覺得很困惑。」

那是一種不明就裡的困惑，像是她在複述一種情緒，而不是切身感受到其中的撕裂。

為了探明她對「人格整合」的理解程度，我問：「如果這些人格能夠整合為一個統一的妳，妳覺得那會是什麼樣子？」

她抬頭看了我一眼，然後陷入長時間的沉默。這不是那種深思熟慮的沉默，而更像是被打亂劇本後的停格。她似乎努力想像那個整合後的「自我」，但最終沒能構建出一個具體形象。

她說不出來。甚至連「我不知道」都沒能說出口。

這種無法想像整合後的狀態，與其說是一種病理指標，不如說是一個觀察起點。對真正罹患解離身份障礙（DID）的人而言，「整合」或許困難，但其缺失往往是無意識的、由創傷所導致的防衛，而非刻意忽略或回避。Rachel 的猶疑，卻給人一種「未準備好真誠面對」的感覺。

隨著治療的進行，我越來越感受到她所描述的症狀與經典的 DID 呈現出明顯落差。

她對「人格」的陳述過於戲劇化，似乎帶有某種排演過的語調。而她提及的「人格對話」與「控制權之爭」充滿文學性，卻缺乏那種由創傷背景自然生成的混亂與記憶斷裂。

我開始懷疑，她可能並不真正患有解離性身份障礙，而是處於一種「裝病」（factitious disorder）或「誇大性症狀呈現」的狀態。這類情形在臨床上並不少見，患者可能出於各種動機——

尋求關注、逃避責任、獲得心理支持或其他次級利益，而誇張或編造症狀。

與此相比，真正的 DID 患者，表述往往更模糊、更保留。他們可能會說：

「我常常對自己的行為沒什麼記憶……像是我沒參加過的聚會，朋友卻說我那天和他們聊了很久。」

「我在銀行的簽名和以前的對不上，被要求重新認證。」

「有時衣櫥裡會出現我從沒買過的衣服，但標籤已經拆掉，像是有人穿過。」

這些片段，並不戲劇化，甚至顯得瑣碎。

但正是這些瑣碎之中，透露出一種根本的自我分裂與生活控制感的喪失。

臨床觀察的分寸與謹慎

Rachel 的案例提醒我們，在面對解離症狀時，不能僅憑自述作判斷，更不應被表面詞彙誤導。「我有多重人格」這句話聽來刺激，卻未必指向 DID 診斷。臨床上需結合完整的病史、創傷背景、記憶功能、人格持續性與認知評估，並借助驗證過的工具，如《結構式臨床訪談解離障礙量表》（SCID-D）或《解離經驗量表》（DES），進行綜合評估。

這不只是為了醫療準確性，更是對患者負責——如果她是 DID，我們需給予正確的介入；如果她不是，我們也不應鼓勵她將人生困境歸因於錯誤的病名。

事實上，某些因焦慮、情緒障礙、自我概念不穩所引發的困擾，也可能呈現出類似「人格多重」的感受，但本質上是「角色混淆」或「身份不穩定」，而非解離性的自我分裂。

我無法立刻對 Rachel 下定論。我只是將她的話，一字一句寫在診療紀錄裡，像臨水而坐，等待波紋自己散去。

Dr May 效應

近年來，診間出現了越來越多自稱患有解離性身份疾患（Dissociative Identity Disorder, DID）的年輕人。他們多數經歷過情緒低落、關係混亂、或自我困惑的時期，卻並非因這些症狀前來，而是已帶著一個確定的診斷名稱，甚至一份完整的病程敘述進入對話。他們不等你問，便先說出病名：「我查過了，我應該是 DID。」

我的同事陳國齡醫生笑說：「自從你上了節目談 DID，我這邊就湧進了不少自稱多重人格的病人，結果真正符合診斷標準的少之又少。」

這句笑言中帶著一點醫者的無奈，卻也點出了此刻精神醫學診斷的一項新挑戰：自我診斷現象的普及與誤導。

這種現象並非空穴來風。社交媒體平台的迅速發展，尤其是 TikTok、YouTube 等短影音平台，讓大量以精神疾病為題材的內容流通於網絡世界。其中最受年輕人關注的，便是與「人格分裂」、「多重人格」相關的內容。這些影片往往以視覺強化與戲劇編排，將人格轉換描繪成一種可以「目睹」的瞬間轉換：角色換了聲音、換了口音，甚至換了名字與衣著。觀眾看了目不轉睛，也有人看了心有戚戚，心想：「我是不是也是這樣？」

這正是值得我們深入思考的問題。當診斷成為一種身份的載體，病名本身也開始轉化為文化符號。

學術上，DID 被定位為一種高度罕見且嚴重的精神疾患，其形成機轉深植於早期創傷與長期虐待經驗之中。患者透過心理上的「分裂」，將難以承受的記憶與情感交由其他「人格」承擔，從而維持核心意識的穩定。在真正的個案中，病人往往並不清楚自己存在多個人格，而是透過記憶空白、行為失控、甚至法律與社交上的衝突事件才意識到「我好像不是我」。他們會說：

「我醒來發現自己在陌生的地方，身上穿的衣服不是我的。」

「有人用我的名字開帳戶，但我完全沒有印象。」

「我聽說我罵了人，但我真的不記得。」

這些言語中沒有表演的色彩，也沒有對「人格」的細節描繪。他們不是「知道」自己有多重人格，而是「懷疑」有某些事情不受自己控制。

然而，當病名的輪廓變得鮮明可視，當網絡社群開始用「人格 A」、「人格 B」、「人格 C」來定義自我，解離不再是對創傷的無聲防衛，而成為可述說、可命名、可被追蹤的自我系譜。從「懷疑自己」變成「定義自己」，是一種微妙卻關鍵的轉變。

此時，診斷的功能也產生了變化——它不再僅是病理辨識的工具，而成為個體在困頓中尋找自我意義的出口。

心理學界對此已有不少觀察與研究。有學者指出，這類自我診斷行為不全然是裝病（malingering），也非全為誤導，而是出於一種心理防衛與認同建立的需要。尤其對於年輕世代而言，網絡所提供的不只是知識，更是一種集體的共感空間。在這個空間裡，「我有 DID」不只是症狀的敘述，更是「我與這個世界的關係描述」。

Felix，一位患有邊緣型人格傾向的年輕人，在一次會談中這樣對我說：「我有不少朋友說他們也有 DID，他們甚至說得比我還清楚，但我知道他們不是真的。」

他的話語中沒有輕蔑，也不憤怒，只是疲憊。他知道自己的困擾不是演出來的，卻也開始分不清，什麼才是值得相信的描述。

臨床工作者能做什麼？

在這樣的時代背景下，治療者的角色愈發複雜。我們不再只是辨別症狀的守門人，更是理解語境的旁觀者與翻譯者。我們要問的，不僅是：「他是不是 DID ？」更是：「他為什麼會這樣說自己？」

臨床診斷需倚賴結構化工具，如 SCID-D、DES 等標準化問卷與訪談，但真正的判斷，往往仍來自長時間的觀察、關係建立與細緻的理解。尤其在面對自我診斷者時，更要小心不輕率否定，亦不輕易附和，而是溫和地引導個體走向更真實的自我感。

DID 並不常見，可是社交媒體上的多重人格，卻愈來愈常見。在這重疊與混淆之間，我們需要的，並不是更嚴苛的指控，也不是過度簡化的教條，而是一種更深的耐心與辨識力。

人是慢慢長大的，也是在反覆之中認識自己的。我們的任務，不是為他人貼上病名，而是陪他們，一步步拆解那個被文化與創傷同時塑形的「我」。

臨床評估中的關鍵考量

診斷與治療解離性身份疾患（DID）向來不易，而在今日這個社交媒體高度滲透的時代，更添幾分複雜。

真正的解離性障礙源於深層創傷與長期心理防衛，並不僅僅是行為上的轉換或角色語言的切換。眼下我們所見的，是愈來愈多患者在觀看網絡影片後自行歸納自身經驗，並迅速給予自己一個病名。有些人確實在尋求理解與安頓，而有些人則受網絡文化影響，在尚未充分自我覺察的情況下，將「解離」內化為一種可承擔的敘事。

在這樣的背景下，臨床工作者若要不偏不倚地做出診斷與介入，須更為細緻與審慎。除了憑藉臨床經驗，我們更應仰賴四方面的專業實踐。首先，是病史的細查與回溯。真正的解離性障礙往往有其可追溯的創傷根源。童年的虐待、被忽視的依附關係、或長期身心受創的歷史，往往構成其心理裂痕。若僅憑當下症狀作判斷，極易與短期壓力反應或角色混淆混為一談。

其次，是多次、跨情境的臨床觀察。患者的行為是否一致？症狀是否因環境、注意力或關注度而增減？這些細節皆能透露症狀的穩定性與真實性，並幫助我們辨識出那些受模仿與心理暗示影響的非典型表現。

使用標準化的工具也是不可忽略。如《解離障礙結構化臨床訪談》（SCID-D）等經驗驗證的評估工具，能在主觀經驗與臨床推斷之間，提供一份理性與科學的中介。診斷並非純粹的藝術，它也需要方法學的支撐。

最後，亦是最長遠的一個環節，是公眾教育的努力。身處資訊流動迅速的社會，醫療人員若只將知識囿於診所之內，實難與影響大眾的媒體話語抗衡。唯有透過持續且清晰的宣導，才能讓更多人明白：症狀並非身份，病名亦不等於自我。DID 是應被理解的心理現象，但不是可以任意套用的標籤。

社交媒體放大了心理表現，也模糊了診斷邊界。要在這個時代堅持專業與真誠，醫者所需的，不只是技術，更是對人性的深刻理解與對病名背後「人」的敏銳感知。

在一次臨床督導中，一位年輕醫師感嘆：「我好怕錯過一位真正的 DID 病人，也怕錯把普通焦慮當成解離。」

我點點頭，對他說：「怕是對的。怕，代表你知道診斷是責任，而不是權力。」

的確，在充滿資訊與噪音的世界裡，保留一點敬畏與謹慎，或許是最穩當的醫學倫理。

· · · · ·

複雜性創傷後壓力症候群與解離性身份障礙

Felix 是一位二十三歲的年輕人，一如都市中成千上萬看似平凡的個體。他白天在便利商店打工，夜晚攻讀夜間學院的課程，過著看似踏實的雙軌生活。但當我第一次見到他時，我便察覺到一種細微的破裂感——不是語言的混亂，也不是情緒的誇張，而是一種從內而外滲透出的不連續。他的故事，不像是從一人之口說出，更像是來自幾個彼此不相識的人的聲音。

這樣的內在割裂，是創傷的回聲。

父親的陰影與聲音的出現

Felix 的童年，是一段難以言說的陰影。他的父親冷漠、易怒、充滿暴力。他說：「他的怒吼聲一直在我腦海裡，那不是一次性的，而是日復一日的轟鳴。」

他記得最清晰的，是八歲那年的某個夜晚。父親在盛怒之下將他懸空舉起，用鐵管毆打。他哭，不是因為疼痛，而是因為羞恥。被打之後，父親竟將他赤身丟入垃圾桶中。鄰居聽到哭聲，卻因為父親與黑社會的關係，便也無人敢報警。Felix 說這段話的時候，語氣異常平靜，但那種平靜彷彿是用盡全身力氣壓下的淚水。

從那時起，他開始「聽見聲音」，那些聲音彷彿是他心中分裂出去的孩子——他們為他分擔無法承受的羞辱與恐懼，也為他創造出一個可以逃進去的內在空間。那裡沒有鐵管、沒有怒罵，只有不被打擾的自我。

創傷性人格的形成與功能分化

Felix 描述他「像是被分裂成七個人」。這七個人格，各自承擔著不同的記憶與功能，有些互不相干，有些則彼此衝突。

Felix（主體人格）

這是他日常生活中最常出現的那個自我。他自認是調解者，希望整合內在世界，但經常感到無力。

Michael（原始人格）

頑皮、好學，是他童年時仍對世界懷有希望時期的化身。Michael 承載了他最早期的真實自我。

Jackson（社交人格）

擅於取悅他人，情感細膩，但情緒起伏劇烈。他的出現，往往與人際需求有關。

Daniel/Rock（防衛人格）

冷酷、不信任人。他是一面盾牌，專責在 Felix 遭遇外界威脅時出現，毫無情感連結。

Singer（兒童人格）

六歲的孩子，唯一能與母親的記憶產生情感連結。他記得母親唱的歌，這是 Felix 僅存的溫柔記憶。

Runner（青少年人格）

競爭心強、自大，常以攻擊性語言防衛脆弱。他不願説話，只用單音節作答，像極了青春期的困獸。

BB（三歲人格）

幼兒人格，單純、天真，是創傷尚未深植前的原始意識。他與 Felix 的互動最為和諧。

這些人格無休止的在對話，而 Felix 是那位日夜試圖進行翻譯與調解的主持人。他坦言，Runner 不願與任何人格互動，Jackson 情緒不穩，常自行消失。這些分裂的人格雖曾保護他，卻也成為他如今痛苦的來源。

C-PTSD 與 DID：兩層傷口的交錯

Felix 的症狀呈現出典型的複雜性創傷後壓力症候群（C-PTSD）特徵。這不僅是一種對特定事件的創傷反應，更是一種被長期困在創傷性環境中的適應性結果。C-PTSD 患者常表現出情緒調節困難、信任障礙、自我價值感崩解與人際功能缺失。

在 Felix 的案例中，這樣的創傷反應進一步深化為解離性身份障礙（DID）。這並不是單純的「幻想出另一個自己」，而是一種生存機制——當核心意識已無法承擔所有痛苦時，心智會將記憶、情感與行為分配給不同的角色，讓這些角色共同維持一個功能性的「外觀」自我。

「他們替我承擔了一部分的記憶和情緒，讓我得以繼續活著。」Felix 說這句話時，語氣並非感激，而是如實的描述。他知道自己沒病好，但他也知道，沒有他們，他早就無法撐過來。

破碎中的修補：從分裂到共存的練習

Felix 不反對治療，但他常問我：「整合的意思是不是要我消滅他們？」我總是回答：「不是。我們不消滅任何人格，我們只是讓你有機會好好地跟他們相處。」

真正的治療不是消除裂縫，而是學會在裂縫中走路。Felix 的旅程正是如此：在創傷造成的破裂中，他試圖用理解、對話與耐心為自己建立一個可以安身的內在結構。這個結構不完美，也不總是穩定，但比起過去的混亂與失控，已是他重新與世界連接的起點。

診斷與挑戰

在這個資訊過度流通的時代，精神健康的語言日益普及，人們對自身內在世界的好奇與焦慮亦與日俱增。然而，知識的擴散與理解的深度並不總是成正比。這種落差，尤其在解離性身份障礙（Dissociative Identity Disorder, DID）的診斷上表現得最為明顯。

DID 是一種相對罕見卻極其複雜的精神疾病，其核心特徵包括兩個或以上具有不同情緒、記憶與行為模式的「人格狀態」，以及難以解釋的記憶空白。其病理根源多與長期、持續的童年創傷密切相關。根據現行的估計，全球約有 1.5% 的人口受到此症所擾，但真正獲得診斷與治療的比例遠低於此數。

在臨床現實中，DID 卻極容易被誤診為其他精神病症，尤其是邊緣性人格障礙（BPD）、精神分裂症、與躁鬱症（Bipolar Disorder）。這三者皆與 DID 在情緒波動、身份混亂與感知異常方面有著顯著重疊。

BPD 病患情緒極易波動，人際關係常陷於緊張與分裂狀態，其不穩定的自我概念與 DID 患者的身份轉換表現極為相似。

精神分裂症 的幻聽症狀亦與某些 DID 患者內部人格的對話表述相混淆，若臨床觀察不夠細緻，極可能將之誤判為思覺失調。

躁鬱症 的情緒極化亦與人格切換帶來的狀態轉變類似，診斷者若未注意解離性遺忘或人格片段之間的記憶斷裂，常將其視為雙相情緒週期的一環。

因此，診斷 DID，需建立在深度病史追蹤、多次跨情境訪談之上，以及使用標準化工具，如《解離障礙結構化臨床訪談（SCID-D）》等，方能有效辨識出解離症狀的深度與穩定性，減少臨床判斷中的主觀偏差。經驗豐富的治療師亦需從症狀變化的時間軸、人格特徵的一致性，以及記憶與身份間的連續性中抽絲剝繭，才能得出較為可靠的結論。

Felix 的個案正好說明了這一點。

他的症狀雖帶有情緒波動與人際混亂的成分，但其人格分化明確、記憶斷裂具體，且與長期創傷高度相關。這與邊緣性人格障礙的衝動性模式明顯不同，也與精神病性疾患的妄想或幻覺不符。

「你的創傷無疑是深刻的，」我對他說，「但你大腦的這些分裂，正是為了保護你不至於徹底崩潰。」

Felix 的治療方向與人性意涵

Felix 的治療圍繞創傷處理與人格整合兩大核心。這不是單純要將他「變正常」，而是陪他在碎片中尋找彼此對話的可能性。這些人格，曾是他無人庇護的歲月中自己創造的港灣，如今雖帶來困擾，卻也見證著他的倖存。

「我其實很容易戒掉藥，」他曾說，「但我戒不掉對關係的依賴。」

這句話透露出一種深層的創傷：他渴望被接納，但更怕再次被丟棄。這種關係的矛盾，正是創傷人格的核心困境。要走出這困境，他必須先與自己和解，然後，才可能與他人建立新的聯結。

Felix 的故事提醒我們，在解離與創傷的交界處，醫療的任務不只是辨識病名，更是見證一個人在斷裂中求生的痕跡。臨床介入不應成為一種規訓，而應是一種陪伴——陪他回到自己內心最深處，重新學會怎麼活。

在這個自我定義不斷碎裂、病名日益文化化的時代，Felix 的存在提醒我們：真正的辨識，不靠病名的外殼，而來自對一個人經歷的真正傾聽與理解。

DID 與詐病的區別

在這個資訊流通過速的時代，精神健康的語言逐漸普及，大眾對心理現象的關注也日益增加。然而，知識的流通與臨床經驗的深度之間，往往存在一段難以跨越的鴻溝。這一落差，在解離性身份障礙（Dissociative Identity Disorder, DID）的診斷與理解中表現得尤為明顯。

DID 的診斷極具挑戰性，常被誤認為其他精神障礙，最常見的三種誤診包括：

邊緣性人格障礙（BPD）：兩者皆表現出情緒不穩、身份混亂與人際關係動盪。然而，BPD 更傾向於衝動行為與人際劇變，而 DID 的轉變通常涉及解離與記憶空白。

精神分裂症：DID 患者可能訴說「聽見聲音」，但這些往往來自其內在的替代人格，而非幻覺性質的外在聲音。

躁鬱症（Bipolar Disorder）：人格間的快速切換可能被誤認為情緒的兩極變化，但躁鬱症的週期有其特定節律，且並不涉及身份斷裂與失憶。

此外，在診斷解離性身份疾患（DID）時，臨床醫師亦需特別警覺「詐病」（factitious disorder）的可能性。部分個案可能因社交媒體影響、心理需求或其他誘因，刻意模仿或誇大 DID 症狀。以下三項觀察特徵，常用於初步識別詐病者：

1. 症狀過度戲劇化，表現符合大眾對多重人格的想像，例如人格切換突兀明顯、語音與姿態轉換誇張。

2. 過度強調角色之間的對立，卻忽略了如記憶空白、現實感脫離等更具診斷價值的內在經驗。

3. 所描述之人格角色往往刻板且表淺，未呈現細膩的心理邏輯與經驗層次。

臨床實踐中，提升診斷準確性的策略包括：病史深度訪談、多次跨情境觀察、結構化診斷工具（如 SCID-D）的應用，並在長期追蹤下辨別症狀穩定性與人格變異的連貫性。

在公共領域中，對 DID 的理解亦受到名人自述的影響。這些公開個案雖無法取代臨床依據，卻提供了社會認知與疾病經驗交錯的另一面。一些公眾人物的經歷，也有助我們重新思考：DID 並非僅屬於診斷分類，更是個體面對創傷時的一種深層心理回應。

瑪麗蓮· 夢露（Marilyn Monroe）

這位傳奇影星的一生始終伴隨情感掙扎與自我懷疑。她自幼進出多個寄養家庭，童年時期經歷嚴重的情感剝奪與性創傷。她常感孤立，缺乏穩定的愛與認同。儘管生前未獲正式診斷，但研究者與傳記作者推測，她所表現出的情緒波動、身份感錯亂與對自我的疏離，可能與未經命名的解離症狀相關。她的多重舞台形象與私人生活之間的巨大落差，也使她成為理解明星文化與心理創傷交疊現象的重要個案。

羅珊娜· 巴爾（Roseanne Barr）

這位美國知名喜劇演員與電視劇創作者曾公開談論自己的解離性身份障礙。她坦承自己童年曾遭性侵，並在多年後透過心理治療逐漸認識到自己所經歷的多重人格現象。她描述，不同人格在特定壓力情境中出現，各自承擔情緒、記憶與行為責任。巴爾強調，治療過程雖然艱鉅，卻幫助她整合過去的碎片記憶，重建一種更穩定的內在秩序。

亞當· 杜里茨（Adam Duritz）

身為美國搖滾樂團 Counting Crows 的主唱，杜里茨在訪談中坦言自己長期與解離症狀共處。他描述自己時常感覺與現實脫節，對人際關係產生深刻的疏離感。他無法確知當下經驗是否真實，情緒時常與周遭環境失聯。音樂成為他紓解這種狀態的出口。他的作品中頻繁出現關於虛構自我、身份變形與時空斷裂的主題，為外界理解解離經驗提供了藝術形式的視窗。

赫歇爾· 沃克（Herschel Walker）

這位前美式足球巨星在自傳中深入回顧了自己與 DID 的抗爭歷程。他曾在比賽與訓練時，出現突如其來的記憶斷裂與情緒崩潰。他將這些經驗歸因於童年持續的創傷與家庭暴力，並透過多年心理治療逐步識別其人格分化與保護性行為的關聯。沃克公開自己的經歷，目的在打破運動界對心理健康的沉默，呼籲人們正視創傷與情緒遏抑對心理結構的長期影響。

這些公共人物的例子提醒我們，DID 並非純屬幻想或流行語言中的病態標籤，而是人類心理為了求生所展現出的一種深度適應機制。若缺乏對創傷脈絡的認識，僅以症狀標籤進行識別，將可能錯過疾病背後最本質的呼聲。

分離性身分識別障礙的診斷與治療，不僅是一場醫學上的挑戰，更是一場關乎理解人性複雜性的長期對話。它需要醫生投入時間與耐心，調動高度的專業判斷，並結合標準化的診斷方法，從多個層面全觀地審視個體經驗。由於該病症與其他心理健康問題存在諸多症狀重疊，加上大眾文化與社交媒體對多重人格的戲劇化描繪，DID 在公共話語中經常被誤解、誇大，甚至污名化。

唯有透過深度的臨床觀察、細緻的心理史追蹤與去神話化的教育努力，才能還原 DID 作為一種創傷反應的真實面貌。社會若能以更加溫柔與誠實的視角看待此類心理現象，並以支持性而非懷疑的態度對待患者，將大大減少誤診與社會排斥的風險。

公眾人物的經歷提供了另一種觀看的窗口。他們的故事讓我們明白，DID 並非無法治癒，也非終身病判，而是一段可以被理解、被介入、被陪伴的復原歷程。隨著適切的治療介入與社會支持的強化，患者是能夠逐步修復創傷、整合人格，甚至重建生活功能的。儘管陰影仍會不時浮現，但在持續關懷與自我成長的歷程中，他們依然能夠朝向希望與康復邁進。

我們終將理解，DID 不是脆弱的象徵，而是一種極端創傷中求生的方式；而真正的臨床工作與社會責任，是為這些裂縫中的生命，提供重建的土壤與被理解的光。

第七章

心靈的密室
精神科醫師的記憶抽屜

精神科診室的百葉窗透著疏密相間的日光，那些明暗交錯的紋路，倒像是人間世相的經緯。行醫三十餘載，漸漸懂得將那些跌宕起伏的際遇，釀作琉璃瓶裡的陳年甘露，偶爾啟封，辛辣、酸澀、淡麗，雜味紛陳。

那位患有輕度智障的林女士初入院時，蜷縮在病房角落，像株被雷火劈焦的梧桐。護理師總得戴著兩層手套才敢替她更衣。她滿嘴焦黑枝椏般的咒罵，將市井俚語編成荊棘甲冑。三年光陰在行為治療中緩緩流過，原以為要終老病房的她，竟能轉介社區院舍自立生活。那日，她抱著沾雨珠的柑橘推門而入，笨拙地剝開橘瓣：「苗醫生食橙！我識得搭三架巴士返嚟探你。」酸澀汁水在診療台上淌成歪斜的月牙，倒比糖霜更沁人。

一位女士領著三名智能障礙子女來複診那日，診室飄著潮濕的黴味。這位母親的背脊早被命運壓得彎下來，卻仍穩穩托著三個孩子的人生。原屬不同主診醫生的病歷，在我案頭疊成亟待解密的塔樓。基因檢測的圖譜裡，那些螺旋階梯般的染色體終究吐露秘密——某段遺傳密碼的斷裂，竟讓三個靈魂都困在認知迷宮。最年幼的男孩總愛用食指戳我胸牌，某次偷溜去「遊巴士河」，被司機揪著後領送進急症室時，漲紅臉嚷道：「苗醫生！下次唔敢啦！」那雙緊揪耳朵的小手，卻比任何懺悔詞都更教人動容。

冬至前夕診所暖氣壞了，玻璃窗凝著霜花。十七歲的小姑娘裹著褪色紅圍巾，將手作卡片輕輕推過桌面。兩個月前她蜷在候診椅吞藥，髮梢還凝著自殘留下的血痂。我堅持啟用需每周驗血的新型血清素調節劑，護士長曾憂心忡忡提醒：「這藥可能誘發癲癇啊。」而今紙上歪扭的向日葵裡藏著稚氣筆跡：「謝謝苗醫生幫我變回自己。」她父親搓著粗糲的手掌訥訥道：「囡囡今朝自己煮了碗長壽麵。」我將卡片收進檀木匣時，指尖竟微微發顫——原來醫者的心，也會被患者捧在手心的微火烘暖。

診療鐘擺搖過無數晨昏，藥單上的拉丁文與基因圖譜的曲線背後，藏著更幽微的醫道。那些市井俚語化作的柑橘香，那雙揪耳朵的孩童手，那瓣掙脫藥瓶綻放的向日葵，都在提醒著：所謂治療，原是在理性經緯間織入人性的銀絲。患者贈我的何止是水果卡片？分明是將靈魂最柔軟的內裡，託付給另一個濁世求生的生命。

如今我仍習慣在黃昏時分推開百葉窗，看最後一縷暮色斜斜切過診療椅。三本病歷在抽屜裡挨著檀木匣，那些基因密碼與藥理數據間，早已生長出綿密的藤蔓——有的開出帶刺玫瑰，有的結著青澀苦柚，卻都朝著同一片月光舒展枝葉。

我常想，我何其有幸，能在這條路上，收到這麼多「治療的禮物」。

滿口粗言穢語的小可愛

精神科病房的日光燈管泛著青白冷光，將人影熨得單薄如紙。初見志芳那日，她正蜷在走廊盡頭的塑料椅上啃蘋果核，油膩髮絲間漏出幾縷咒罵：「食屎啦你！」那聲音像銹刀刮過鐵皮，驚得我握病歷本的手沁出汗來——誰能料到這株渾身尖刺的仙人掌，後來竟會在診療室窗台開出鵝黃小花？

這位三十餘歲的女病人有張圓月似的臉，瞇縫眼裡蓄著渾濁的雲翳。七年光陰在病號服裡漚出臃腫身形，護士說她曾因搶奪他人飯菜被約束過三次。「佢今朝又食咗三碗白粥！仲偷食半盒叉燒！」早班護士邊說邊將體溫計甩得啪啪響，活像廟街賣藝人耍弄九節鞭。慢性思覺失調與輕度智障的診斷，像兩枚生鏽的鐵釘，將她牢牢釘在旋轉門般的住院輪迴裡。

「早機去晚機返嗝！」護理長提起她第七次中途宿舍失敗經歷時，指著牆上斑駁的轉介表苦笑，那張表格皺得像菜脯，邊角還沾著可疑的醬油漬。某個梅雨季的午後，我看見志芳蹲在活動室牆角，用蠟筆把白牆塗成扭曲的火焰，嘴裡咕噥著：「煮飯畀老坑食……」雨水順著氣窗鐵欄滴落，在她腳邊匯成小小的鏡湖，倒映著斑斕的塗鴉與灰濛濛的天光。

她的前主診陳醫生是位清瘦青年，銀框眼鏡後藏著史懷哲式的理想。某次查房，我瞥見他捧著燙金《聖經》站在志芳床前，白袍下襬被攥出皺痕，活像被揉皺的宣紙。「走開！廢柴醫生！」志芳突然抓起枕頭擲去，羽毛紛飛中陳醫生的背影踉蹌如秋葉，聖經書頁在風裡嘩啦啦翻動。「我受不了這些情緒折磨，那種強烈的無助感⋯⋯」後來聽聞他調去內科時，我總想起那本跌落床底的《馬太福音》，書脊裂痕裡還夾著半根灰白羽毛。

接手的李醫生倒是與志芳投緣。這位圓臉醫師活脫脫是從豐子愷漫畫裡走出來的，白袍口袋總揣著瑞士糖和彩色蠟筆。他常晃著聽診器逗她：「今日罵人創意退步喔！得個『冚家鏟』，上次嗰句『生仔冇屎忽』幾有詩意！」有回志芳扯嗓門吼他「死肥豬」，整個病房笑浪翻湧間，李醫生卻變戲法般掏出水果糖：「罵得好！賞你粒瑞士糖，要唔要試下香蕉味？」我看見志芳捏著糖紙的手在發抖，像隻試探著伸出觸角的蝸牛；陽光穿過鐵窗柵欄，在她掌心烙下細密的金格子。

輪到我接手時，消毒水氣味裡混著油煙香。某日巡房聞得廚房飄香，推門見志芳繫著過小的圍裙，活像端午節的裹蒸粽，正將番茄炒蛋顛出金黃弧線。「餵老坑食飯啦！」她將堆成富士山的雞翅推給我，油星子在白大褂綻出朵朵紅梅。那餐飯她添了三次米，鼻尖汗珠晶亮如晨露，連餐後洗碗都要搶著哼小調：「浪奔～浪流～」洗潔精泡沫沾在她睫毛上，竟似新娘頭紗的碎鑽。

「你知唔知我係神射手？」某日飯後她突然擠眼，粗啞嗓音裡透著罕見的雀躍。職業治療室的塑膠戒指在傳送帶上叮咚作響時，我總愛駐足看志芳操作。她瞇眼瞄準投遞箱的模樣，讓我想起母親昔日在廟街擺攤穿針引線的神態——那雙布滿裂紋的手，總能將彩線織成會飛的錦鯉。「中！」每當塑膠圈準確落入箱籠，她眼角的魚尾紋便游出幾分得意，活像水墨畫裡靈動的飛白。有次我失手將戒指彈到牆角，她竟拍腿大笑：「戇居居！睇我啦！」説著手腕輕抖，塑膠圈在空中劃出弧線，不偏不倚套中我的聽診器。

夜班護士説，她夢話的頻率減少了。志芳開始在團體治療時分享街市買蔥的訣竅：「要揀蔥白長過手掌嘅！仲要聞下根鬚有冇泥腥味。」偶爾蹦出的粗話竟帶著撒嬌尾音，活像小貓伸出爪子又急忙縮回。那日見她對著更衣室鏡子練習梳頭，髮夾歪斜地別在灰白鬢角，忽然想起母親生前常唸的潮州諺語——石縫裡也能開出打碗花。窗外木棉絮正紛紛揚揚，有片絨毛沾在她髮梢，竟似新娘頭飾的流蘇。

最近院方又提起轉介中途宿舍的事。晨會時我翻著志芳新拍的證件照，圓臉在藍底色裡泛著珍珠般的光澤，倒比七年前入院照多了幾分人間煙火氣。「今次我要帶埋個鑊鏟去。」她搓著圍裙邊喃喃自語，指甲縫裡還嵌著昨夜炒花生留下的焦糖。窗外的樟樹正在抽新芽，有麻雀啣著絨絮飛過鐵柵欄，羽翼掠過處灑落細碎的金粉。護理站傳來微波爐叮響，空氣裡浮動著午餐的豉油香。或許這次，她真能帶著那手紅燒雞翅的絕活，在社區廚房炊起屬於自己的煙火——那煙囪裡飄出的，該是摻著粗話的飯香，是擱淺七年的船終於等來漲潮的笛鳴，是打碗花在混凝土縫裡倔強綻放的鬧響。

當志芳走進病房的那一刻，陽光正透過窗紗斜斜地灑落在我診室的病床上。她手裡提著一袋沉甸甸的水果，步履間多了些輕盈。與過往不同，那日的她神情中多了分自信與雀躍。她笑著説：「苗醫生，我找到我的老坑了！」她邊説邊小心翼翼地從袋中掏出一張照片，照片裡她與一位白髮蒼蒼的老者肩並肩坐著，眉眼之間竟透著一股難得的溫柔。

那是三個月前，我好不容易為她覓得一間位於上水的私人宿舍。雖然地處偏遠，交通不便，但舍監心腸和善，對志芳尤為包容。這樣的宿舍在現今世道中已屬難得，更何況她一向語帶粗俗，情緒起伏不定。舍監卻不以為意，只淡淡地說：「她其實很懂事，人也有趣，說話雖直了些，卻沒什麼壞心腸。」

她坐在我旁邊，彷彿忽然想起什麼似的，聲音低了下來，問我：「苗醫生，你知道為什麼我只能找老坑嗎？」她像是想將多年積壓的心事一吐為快，低聲說著：「我小時候書讀不好，爸爸就逼我去工廠，還要我幫忙家務……但是，他對我做過不好的事情。」

說到這裡，她的眼神黯淡如暮雲低垂，聲音顫顫：「我只配得上老坑，其他人我都不敢想。」

我輕聲問道：「志芳，你可以告訴我發生了什麼事嗎？」

她點點頭，如水波潤濕眼角：「苗醫生，我唸書成績很差，小學畢業就沒再讀了。在進工廠前，我曾在街市的菜檔打過工。」她微微抬起頭，彷彿重新置身於那喧囂的市場中。

「做菜檔時，我經常被人呼呼喝喝：『志芳，快點，顧客在等著！』」她模仿那語氣，帶著一點苦澀笑意。

我說：「你一定感受到很大壓力！」

「對，有一次，我加快手腳，卻因為太緊張，把一捆菜掉在地上。那顧客皺了皺眉，低聲嘀咕：『怎麼請這種人來幫忙？』」她停了一下，似乎仍能感受到那刻的羞辱。

「菜檔的老闆娘指著我，語氣輕蔑地說：『你這樣慢吞吞，顧客都跑了，還不如回去吃白飯！』我臉立時漲紅，只能低頭撿起地上的菜，喃喃地道歉：『對不起，我不是故意的……』」她說到這裡，臉上寫滿了不堪回首的苦楚。

「很快我就被開除了，轉到一家玩具廠做工，做到我精神病發作為止。」

那一刻，時間彷彿停頓了半晌。我默然，心中百感交集。

「我從小便被診斷為輕度智力障礙，學東西比別人慢，做事也慢。因為我是家中長女，從小就得聽罵受氣，還要照顧弟妹，弟妹還常常取笑我。」

她的聲音轉為細細的呢喃：「『志芳，你怎麼這麼笨啊！』那是爸爸罵我煮飯把水燒乾時的話。『你這樣，誰敢娶你啊？』這是弟弟笑我沒人要時說的話……」

她眼裡浮出水光：「想不到，沒人娶我，爸爸就把我當成洩慾工具。」說完這句話，她終於忍不住哽咽起來。

我輕聲問：「媽媽知道嗎？」

她咬了咬唇：「她是知道的。但爸爸老是待在家，媽媽整天出去做事養家，她太累了……我不怪她，她真的很辛苦。」

我靜靜地聽著，不願插話打斷她的回憶。

「我從來沒被人讚賞過，老師罵我、老闆罵我，連家人都罵我。明明我已經很努力，但沒人願意理解我。我講話慢，別人就當我傻，反應慢，就被笑。慢慢地，我也就不再想靠近別人。」

我點頭：「所以與其讓別人孤立你，你就先用粗話把他們嚇走。這是你自卑心的一種反擊吧。」

她點點頭：「從小被說『笨』、『沒用』，久了我也信了。我說粗話，是想讓自己看起來『勁』一點，誰也不敢惹我。後來這就成了習慣，改也改不了。」

「那為什麼你之前一直不肯去宿舍住？」我問。

她歎了一口氣：「自從病發之後，我的精神常常被折磨，會出現幻覺，一下哭一下笑，外面的人不理解，說我瘋了。我不想再出去面對世界。外面不但沒有善意，連我自己的爸爸都會傷害我。我對人已經失去信任了。」

她說這些話時，不再憤怒，而是透著一種久病之人特有的平靜與哀傷。

我沉默良久，問她：「那你後來為什麼願意去宿舍呢？」

她眼中閃過一絲光亮，說：「因為苗醫生，你當我是人。你讓我看見，我還有能力。你叫我煮飯，那次我煮了飯，看到你們吃得開心，我就想起原來我也可以幫到別人。原來我也可以照顧別人。」

我點了點頭，心裡湧上一股莫名的暖意。

「志芳，我最初的確被你說粗話嚇倒，但我想給你一個機會，看看你真正的樣子。我覺得你只是披著一層粗俗的外皮，裡面有一顆善良的心。我很感激你，從上水坐車來看我，還帶水果，這份心意我記住了。」

這番話，我不只是說給她聽，也說給那些還在社會邊緣摸索的人聽。他們或許舉止粗魯，或許言語不遜，但在那層層傷痕背後，或許藏著一顆柔軟而渴望被理解的心。

困境中型閃耀的靈魂

志芳，這個名字或許在喧囂世界裡不曾留下痕跡，但在我心中，它卻如同一粒在風中堅持著發芽的種子，縱然歷盡風霜，依舊執著於破土的一點盼望。

她的來歷，既不驚天動地，也無人記得。自幼生於一個貧苦之家，又不幸帶著輕度智障的診斷，她早早就學會了沉默。學校裡的書她讀不明白，字句彷彿故意與她為難；在家裡，她的存在也常常像一件礙眼的物件，不被期待，不被容納。她說，她小時候的記憶，大多是別人罵她笨、笑她呆，還有那些帶著不耐煩的眼神，像石頭一樣壓在她心頭。

成長對她來說，並不意味著逃出苦海，反而像是更深一層的牢籠。十多歲那年，父親的手越過了不該越的界線，她說，那一夜她學會了如何收起眼淚，把靈魂藏進暗角，然後像個木偶一樣繼續生活。母親呢？她是知道的，但太累了。那種疲憊，不是普通的疲憊，是扛著全家日子沉重地喘息的疲憊。母親選擇沉默，志芳也選擇了不再開口。

從那以後，她說話就開始變了，句句粗俗，像是在用尖刺武裝自己。「你不尊重我沒關係，但你別靠近我。」她笑著說，語氣中混著自嘲，「粗話能讓我看起來勁一點，彷彿我有力量趕走別人。」

精神病，是她最後一重鎖鏈。她說，有時候聽到有人在她耳邊說話，有時候情緒一下子就崩潰了，像洪水決堤。她試過住院，也試過努力回到社會，但她知道，那些幻覺、那些沒來由的恐懼，像野草一樣在她體內蔓延，讓她再也不敢輕易信任這世界。

醫院的日子平淡如水，但對她來說卻是唯一的安穩。在那裡沒有人催她快一點、沒有人笑她慢，沒有人對她的存在指指點點。她曾說：「我情願在醫院老死，也不想再出去給人剝削。」那語氣，就像一個在暴風中走路太久的人，終於找到牆角坐下，雖然潮濕，但至少不再吹風。

然而，就在這樣的靜默中，微光竟悄然乍現。

那一天，病房裡需要煮飯。她自告奮勇，動作不快，但分外認真。飯煮好時，她小心地盛進碗裡，看著大家吃下第一口，那種滿足與讚賞的眼神，是她從未擁有過的。她說，那一刻，她好像突然發現：原來自己也能做得到。

就是這麼一件小事，一頓再平凡不過的飯菜，點燃了她內心微小但頑強的火光。她開始動念，也許，她可以嘗試離開這醫院。也許，世界並不全是敵意。也許，她還可以為某個人，為自己，再煮一次飯。

於是，我為她找了那間宿舍。位置偏遠，在上水，卻出奇地適合她。舍監是個善解人意的中年人，不懼她的粗話，反而笑說她有趣。她去了，也留下了。三個月後，她回醫院探望我，帶了一袋水果，還拿出一張照片，說她找到了「老坑」。照片中她與一位老者肩靠著肩，臉上竟有了一種前所未有的安然。

她說：「苗醫生，我覺得你當我是人。你叫我煮飯，讓我知道我還有用。我從沒想過，我可以對別人有貢獻。」

聽她這樣說，我心中一陣溫熱。我也告訴她：「志芳，我最初是被你嚇倒的，但我想給你一個機會，也給自己一個機會去相信，你不是你表面那樣的人。你有你的苦，你也有你的光。」

她笑了，笑得有點靦腆，也有點哀傷，但那笑裡有一絲釋懷。

正是因為這份微小但堅定的希望，志芳決定嘗試走出醫院，進入外面的院舍，重新接觸世界。她明白，外面的路依然險峻，但這一次，她選擇相信自己，也選擇給自己一個新的開始。

IQ 是什麼？

IQ（Intelligence Quotient，智商）是一項用來衡量個體認知能力的標準化指數，其核心目的是評估一個人處理資訊、解決問題、理解抽象概念以及學習新事物的能力。智商概念最早由法國心理學家比奈（Alfred Binet）於 20 世紀初提出，原初目的是協助教育機構辨識在學習上可能需要特殊輔導的兒童。隨著研究發展，IQ 成為心理學領域中用以量化智能的重要工具。

智商測驗的構成

現代智商測驗通常設計得較為全面，涵蓋以下幾個主要範疇，以評估多維度的智能表現：

語言理解能力（Verbal Comprehension）：包括字詞定義、語句理解、語意推理等，評估個體理解文字和語言的深度與準確度。

邏輯推理能力（Working Memory & Fluid Reasoning）：測試個體在無前設知識下進行推理、歸納、分析及解決問題的能力，這是許多數學與邏輯思維的核心。

視覺空間能力（Perceptual Reasoning / Spatial Reasoning）：例如圖形拼湊、空間旋轉、圖像理解等，評估個體處理視覺資訊與空間概念的能力。

記憶能力（Working Memory）：評估短期記憶維持及操作的能力，例如記住一串數字並以相反順序重複。良好的工作記憶對於學習、閱讀理解、數理能力都有重要影響。

處理速度（Processing Speed）：反映個體在限定時間內快速、準確處理簡單資訊的能力，例如在圖案中辨識差異、完成編碼等任務。

IQ 的統計標準

智商測驗結果以一個「常模分數」表示，一般設定平均值為 100，標準差為 15。這代表大多數人（約 68%）的智商落在 85 至 115 之間；如果個體的 IQ 超過 130，則可視為「高智商」；若低於 70，可能顯示存在智能障礙的可能，需進一步診斷與評估。

智商的應用與限制

雖然 IQ 測驗廣泛應用於教育分流、人事選拔、心理診斷與學術研究領域，它並非萬能的智能指標。它主要評估「認知智能」（Cognitive Intelligence），卻無法全面衡量創造力、社交技巧、情緒智力（EQ）、動機、毅力等對人生成就同樣重要的非認知因素。此外，語言與文化背景、測驗經驗及受試者情緒狀態亦可能影響測驗結果。

現今的心理學界普遍認為，智力是多面向、動態發展的能力，而非單一固定值。一個人的學習潛能與生活適應能力，往往取決於整體人格、成長環境與後天努力，絕非僅以一紙測驗即可定奪。

IQ 70，代表什麼？

志芳的智商約為70，意味著她的認知能力低於一般人，屬於輕度智力障礙（Mild Intellectual Disability）範疇，其特徵和含義包括：

學習能力受限：志芳需要更多的時間來理解新概念或完成複雜的任務。她可能難以處理抽象概念，例如數學運算或邏輯推理。

日常生活技能：雖然志芳能夠完成基本的日常生活任務（例如洗衣、煮飯），但需要指導和監督才能達成較複雜的工作。

她可能需要一個結構化的環境，幫助她適應生活和工作。

社交挑戰：志芳可能在理解社交線索、處理人際衝突方面面臨困難，容易被誤解或排斥。她的情緒表達和行為控制能力可能較弱，需要他人耐心引導。

就業能力：志芳的工作能力通常局限於簡單、重複性和低壓力的工作環境，例如庇護工場或基層職位。她可能需要額外的支持，例如指導和反饋，才能維持穩定的工作表現。

教育與學習：她在學校階段可能難以跟上同齡人的學習進度，需接受特別教育或職業訓練。

IQ 70 和精神病如何影響生活？

當我們談論「智力有限」或「思覺失調」這類診斷時，社會習慣性地聚焦於缺陷、障礙與風險。然而，志芳的故事提醒我們，那些看似渺小的能力與轉變，若放在合適的環境下，便能閃耀出不同尋常的光輝。

事實上，根據精神醫學研究顯示，學習障礙者罹患思覺失調的機率是一般人的五倍。這並非簡單的統計數字，而是反映了在認知脆弱的基礎上，面對現實壓力時更容易出現心理崩潰的事實。然而，這並不意味著他們注定只能與陰霾為伍。只要治療得宜，環境與人際足夠支持，他們同樣可以活出豐富而有尊嚴的人生。

志芳正是一個經典的例子。雖然她的學習速度比一般人慢，理解力有局限，但她的精神病情經藥物穩定控制之後，逐漸恢復了某種安定的節奏。關鍵不在於她「能不能像正常人一樣」，而在於我們——家人、社區、醫護人員——能否一起為她建構出一個容得下她的世界。這樣的世界，不需完美，卻需真誠、耐心與包容。

情緒支持：尊嚴從被欣賞開始

在那日黃昏時分，她參與了一場簡單的投環遊戲。她拋出的圓環準確無比，引來一陣讚嘆。我當時笑著對她說：

「志芳，你拋圓環入箱的命中率簡直是百發百，我覺得你眼界很準！」這句話看似輕描淡寫，但我分明看到她眼角那一道光亮——那是被看見、被肯定的驚喜。

正是因為有人記得她的好、相信她的潛能，她說後來才願意煮飯給我吃。這不是交換，而是一種人與人之間最細膩的回應：當我尊重你、信任你，你也願意用自己的方式與我連結。

職業支持：貢獻即意義的來源

後來我們安排她嘗試一些簡單的工作，如清潔、幫忙做飯等。那頓飯雖然只是簡單家常，卻讓她感覺自己「能做事」、「有人願意吃我煮的飯」、「我對別人有幫助」。這些體認，不單是職能訓練的成果，更是她存在價值的佐證。社會重新肯定了她，而她也重新肯定自己。

結構化環境：秩序使人安心

對於像志芳這樣同時面對認知與精神困難的人來說，日常的混亂足以引發極大的焦慮與迷惘。當她搬入宿舍，開始每天依時起床、參與活動、接受庇護工場的訓練，這些可預期的規律漸漸像一條繩索，將她從混亂的思緒中拉出，使她重新建立起一種節奏感與安全感。

技能培養：從照顧中學會自愛

宿舍給予她一項意想不到的責任——照顧比她年長的宿友。

她從中學會了傾聽、等待與主動表達關心。她開始不再只顧自己情緒的高低，而能在他人需求中找到自己的角色。從一位被照顧者，成長為一位有能力照顧他人的人，這其中的轉變，無聲地重塑了她的自我形象。

儘管她的認知能力受限，儘管思覺失調症讓她的情緒如風中的擺柳，她仍在那樣有限的生命空間裡努力綻放。她不需要成為誰的榜樣，也不是社會進步的象徵，她只是志芳，一位擁有真誠與韌性的女性，在人世的摺疊陰影中努力尋找光線。

她讓我們明白，「活得有意義」不必靠耀眼的成功來定義。只要有人願意走近、願意多看她一眼、多等她一會兒，生命就有了改寫的可能。

每一位如志芳般的靈魂，都值得被世界耐心接待。當我們選擇不以偏見審視一個人，而是以關懷去陪伴，那麼社會，便不再只是某些人的社會，而是真正容得下所有人的世界。

同一屋簷下的天才與白痴

一個不普通家庭的故事……當她牽著兒子踏進診室時，腳步雖不急，卻顯得沉重。她抬起頭望著我，聲音平穩中藏著倦意與無奈：「醫生，呢個係我個仔，志華。」

那孩子身形高大，皮膚黝黑，眼神卻空洞無神，彷彿有一道無形的帷幕將他與世界隔開。他的動作略顯遲緩，神情有些木然。經過評估，志華被診斷為中度弱智，並伴隨明顯的行為問題。

我試探地問：「你一共有幾個孩子？」

「七個。」她的回答淡淡的，語氣平平，彷彿這個數字只是一串無意義的音節。可我知道，那平淡之下，是歲月累積的重量。那不只是七個孩子，更是七份責任、七段艱辛與七重牽掛。

後來我才知道，志華排行第三，而他的妹妹志麗和弟弟志聰，也同樣帶有不同程度的智力障礙。志麗的情況稍輕，但志聰卻夾雜著情緒波動與行為衝動，讓照顧更形困難。

我輕聲建議：「媽媽，不如將三個孩子都轉到我這邊來看吧。」

她愣了一下，旋即點頭，語帶感激：「我可以一次過把他們帶來，醫生你方便了我很多。」

那日三個孩子並肩站在我眼前時，我心頭微微一震。他們的面貌竟如此相似，又如此特別：耳朵微微向外翹起，像蝙蝠展翼；下顎異常突出，口腔高拱；而兩名男孩，更有睪丸明顯偏大的特徵。

那一刻，我心中已浮起一個不安的答案。這不單是智力障礙那麼簡單，背後必定藏著一種家族遺傳的陰影。我隨即為這個家庭安排了遺傳科檢查。

數週後，檢驗結果出爐：這一家人患有脆性 X 染色體綜合症（Fragile X Syndrome），而母親正是攜帶者。

那天，當我將結果告訴她時，她的臉色瞬間沉了下來，一如天空忽然低垂的烏雲。她的眼裡泛起淚光，語聲低沈卻帶著掩不住的痛楚與怨憤：「醫生，點解要話我知呢啲嘢？」

這一問，不是質疑，更像是命運的反詰。她似乎已背負太多，這一紙檢驗報告，又無情地揭開她無法主宰的現實。

我放輕語氣說：「媽媽，這不是你的錯。不過，其他四個孩子將來如果結婚，一定要接受遺傳諮詢，這樣才能避免下一代再受影響。」

她沒有回應，只是垂下眼眸，靜靜地坐著。那一刻，她的沉默比言語更讓人難受。那不是漠然，而是一種深深的無力——對命運的無力、對過往的無力、對未來的無力。

她的背影，彷彿是一堵經年累月風雨吹打的牆，還站著，卻布滿裂痕。她不是不堅強，只是太久沒有人問她累不累。

有一天，急症室的電話響起，護士在那頭語氣急促：「Dr. May，你快啲嚟啦！有個病人喺度叫你，唔肯安靜落嚟！」

我趕往急症室，穿過熙攘的病床與倉皇的人群，遠遠便聽見他在大聲喊：「我要見 Dr. May ！」

那是志聰，一位我熟悉的病人。他身形壯碩，神情卻如孩童般無助。他曾多次為了坐巴士「遊車河」而擾亂公眾，這次終於惹怒了司機，被報警送來。當我走近，他像受驚的小獸般捉住自己的耳朵：「我下次唔敢啦！」那聲音裡沒有頑皮，只有真誠的懊悔與對熟悉之人的信任。

我蹲下來與他平視，拍拍他的肩膀：「好啦，跟我返病房，好好休息吧。」他立即安靜下來，緊緊跟在我身後，彷彿那是一道能讓他安心的光。

在醫院工作的日子裡，像這樣的場景早已不稀奇。許多患者並不真正明白自己為何要來醫院，也說不出症狀是怎麼發生。他們只是因為一份信任，記住了某個人——某位曾經願意聽他們說話、摸過他們額頭的醫生。他們在混亂與恐懼中唯一的依靠，就是這樣一個名字，一雙眼睛。

後來，我與志聰的母親深入交談，才明白這家庭的故事遠比病歷複雜。她有七個孩子，三人患有智力障礙，其中志聰情緒最不穩。但其他孩子卻卓然有成：一位在金融界大展拳腳，風生水起；一位的孩子是數學神童，屢獲大獎。這樣極端的對比，如一副不按常理鋪排的人生棋局。

她曾對我說：「天才與白痴，我的孩子都有。」那語氣淡淡的，像是經年累月磨出來的體悟，裡頭藏著太多眼淚與無力。

她提起丈夫時語氣冷淡：「佢走咗，返去內地搵個女人。返嚟一次，就病重離世。天都幫我，嗰個女人分唔到一毫子。我，終於贏番啲尊嚴。」

我靜靜地聽著，不忍插話。那不是炫耀，而是一種在苦難中勉力保存的自尊。

「醫生，我唔恨佢，但我恨自己。」她眼神堅毅又哀傷，「上天好公平，畀咗我三個弱智，但又畀我做生意有眼光，投資賺到錢。加埋佢嘅遺產，我而家唔使再睇人面色過日子。」

我望著她，一位在命運洪流中浮沉多年的女人。她的語氣平和，卻句句藏刀。這不是怨天尤人，也不是宿命論，而是看盡人生百態之後的淡然與清醒。

人生無常，我在醫院這片邊界地帶看得太多。有些人，一生平順，卻在一夜間病倒；有些人，命運坎坷，卻憑一口氣撐過來，站起來。有些像志聰那樣的孩子，看似什麼都不懂，但他記得你曾給他一個擁抱、一句溫柔的話，他就會在最混亂的時刻呼喚你。

我愈來愈相信，醫者的工作從來不只是治病。更重要的是，在無助者身邊留下一份記得的溫度。那溫度或許不能改變命運，卻能在亂世裡讓人知道：他不是孤單地走過。

而這，便是我們仍願日復一日留守在這裡的理由。

命運的悖論

脆性 X 染色體綜合症，是命裡的一根絲線，看不見，卻牢牢牽住了一個家族的命運。她是這條線的傳遞者，明知無可奈何，卻依然在每個夜裡自責。不是不懂道理，也不是不知科學，只是做母親的，總希望孩子來到世上是完整無缺的。

她的丈夫，年輕時也曾是她的依靠，但日子久了，他變得沉默，最後選擇遠離香港。他說是工作需要，其實大家心裡都明白，那是逃避——逃開病童的哭聲、醫院的氣味、無止境的憂心。她沒有追問，也不再糾纏，像許多女人一樣，把責任全攬在身上。

分開多年，兩人從未辦理離婚，只是各自過各自的日子。直到有一天，她接到消息——丈夫在香港突發急病，送院後不治，連一句話都沒來得及留下。身邊有個多年相伴的女人，但因無婚姻關係，最終什麼也沒得到。

根據法律，一切財產歸她所有。她沒說話，只在心裡輕輕一嘆：塵歸塵，土歸土。這段關係，終於由命運之手收了場。

雖然家中有孩子因基因缺陷而受苦，她也有值得驕傲的兒孫。有的功課出色，有的才華橫溢，甚至有人被稱為天才。這些孩子的光芒，如同微光中的暖意，讓她在艱難的歲月裡，得以稍稍抬頭。

她從不向人訴苦，只管過好日子。她的投資一向穩妥，錢財從未讓她煩惱。她知道，世事無常，命裡有的，不必強求；命裡沒有的，也無需怨尤。

這個家族裡，有人天資聰穎，有人語言遲緩。彷彿命運將光與影一齊撒下，要這家人自己去平衡那落差。

旁人或許驚訝，甚至議論，但她始終不以成敗論親情，不拿智愚來衡量價值。她明白，每一個孩子，無論好壞聰鈍，都是生命的贈與。

她早已看透世情，也看透了自己。她愛這些孩子，也愛那個年輕時曾許她未來的男人——即使那份愛，最後只剩下一點點體面，一點點清醒，一點點寬恕。

脆性 X 染色體綜合症：寫在血脈深處的靜默遺傳

脆性 X 染色體綜合症（Fragile X Syndrome，FXS），是一種靜默但影響深遠的遺傳力量，由 X 染色體上的 FMR1 基因突變所引起，是目前最常見的遺傳性智力障礙，也是自閉症譜系障礙的已知遺傳原因之一。

它並不會立刻發作，卻可能在幾代之後悄然擴大，像一道潛藏在血脈裡的裂痕，讓整個家族的命運隨之改寫。

一、症狀與孩子們的具體表現

這場來自基因的變異，並不單一地作用於智力。它是全方位的挑戰，涵蓋認知、行為、外貌與身體健康。在她的三個孩子身上，這些表現格外鮮明：

智力障礙

男性較嚴重：志華與志聰的智力明顯受限，學習困難，語言與理解能力明顯落後。

女性較輕微：志麗表現為輕度學習障礙，但能自理，情緒穩定，是三人中最獨立的孩子。

行為與情緒特徵

社交退縮與焦慮：三人皆不擅眼神交流，對陌生環境有本能抗拒——「事實上，他們仨都是這樣。」

自閉傾向：志華常常一人坐在角落，不善溝通；志聰則更加明顯：害怕風吹、怕冷，性格固執，有典型自閉症表現。

多動症表現：志聰尤其明顯，坐不住、難以集中注意，抗拒到工場上班，彷彿一個長不大的「大孩子」。

情緒不穩定：易怒、難以控制情緒，這方面志聰最為嚴重。

志麗則最穩定，少有情緒爆發，是家中情緒最穩定者。

外貌特徵

三個孩子皆展現出典型的脆性 X 外觀：

長臉型、前額寬大

大耳朵（如蝙蝠耳）

高拱顎

下巴突出

此外，志華與志聰兩人均有巨睪症，這一特徵在青春期後更為明顯。

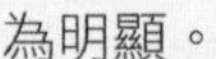

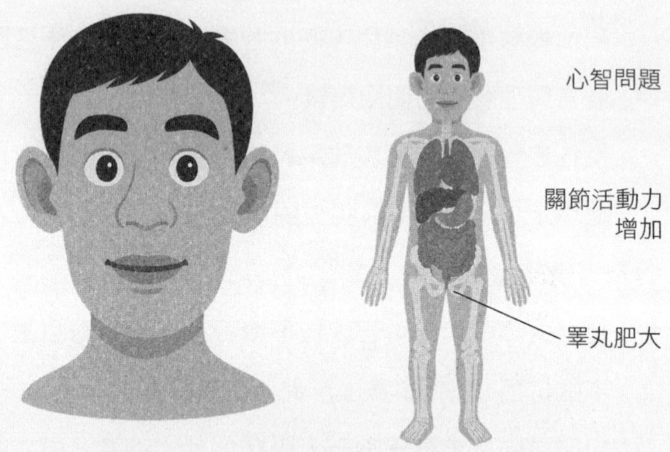

身體健康問題

志華患有心臟疾病，疑似「二尖瓣脫垂」，需定期追蹤；

志聰則有癲癇症，偶爾發作，需長期服藥控制；

其他如關節鬆弛、扁平足等，也常見於此症。

二、致病機制與遺傳規律：來自雙親的沉默傳承

這個疾病的核心，在於 FMR1 基因內的 CGG 三核苷酸重複次數異常增加：

類型	重複次數（CGG）	重複次數（CGG）
正常	5 – 44 次	不致病

灰區	45－54 次	無症狀，但具有不穩定性
預突變	55－200 次	攜帶者，症狀輕微或無，但可傳遞並擴大突變
全突變	>200 次	基因沉默，FMRP 蛋白缺失，導致智力與行為障礙

FMR1 基因沉默後，體內將無法合成 FMRP 蛋白質，而這正是腦部正常發展與功能所需的關鍵物質。其缺乏，直接導致智力發育障礙、自閉、情緒失調等表現。

雙親皆為攜帶者的罕見組合

這個家族的特殊之處，在於父母雙方皆為預突變攜帶者。

母親：作為 X 染色體的預突變攜帶者，她有 50% 機會將突變基因傳給每一位子女。

父親：雖為男性，但也是罕見的預突變攜帶者，這一點至關重要，因為父親只能將 X 染色體傳給女兒，因此，他的預突變遺傳，只影響女兒，卻加重了志麗的遺傳負擔。

這樣的組合大大增加了下一代出現全突變與表現型的機率，因此三名孩子都或多或少受影響，其中志聰與志華最為明顯。

結語：她的選擇，不是怨，而是愛

這個家庭中，天才與智障並存，成就與無力共居，彷彿一首遺傳與命運交織的長詩。有些孫輩在事業上嶄露頭角，被譽為天才，是她晚年最引以為傲的慰藉；有些子女則需一生照料，她卻從不以此分高下。

她從不將愛建立在「聰明」或「成就」上，她看得更深、更遠。

她選擇了深沉的、無條件的愛——一種經歷過痛、過恨，最後留下的理解與接納。不是命運寬厚，而是她夠堅強。

診斷方式：一條確認的路徑

脆性 X 染色體綜合症的症狀多樣，輕重不一，不易一眼識別。對許多家庭而言，確診往往是一場漫長的過程，但唯有明確診斷，才能展開有針對性的支持與安排。

基因檢測：這是最直接、最準確的診斷方式。透過抽血檢測，分析 FMR1 基因中 CGG 重複的次數，便能確認是否為預突變或全突變，進而判定是否為脆性 X 綜合症患者或攜帶者。

臨床觀察：在尚未進行基因檢測前，醫師會先從患者的智力發展、行為表現及外貌特徵做初步判斷。例如語言遲緩、固執行為、怕接觸、長臉與大耳等，都可能引起醫師的警覺，進一步建議基因篩檢。

家族病史：如果家族中出現過以下情況，特別應考慮檢查：

智力障礙或學習困難；

自閉症光譜診斷；

女性早發性卵巢功能衰竭（FXPOI）

這些都可能與 FMR1 基因突變有關聯，隱藏著家族性遺傳風險。

治療與管理：雖無解藥，仍可介入

目前，脆性 X 綜合症尚無根治方式，但透過多方面的照護與干預，仍可大幅提升患者的生活質量，減少家庭負擔。

藥物治療：對症下藥

抗焦慮與多動症藥物：如選擇性血清素回收抑制劑（SSRIs）、利他林（Ritalin），可幫助改善焦慮與注意力問題。

穩定情緒與行為問題：如丙戊酸鹽、阿立　唑等，可緩解易怒與攻擊性行為。

癲癇控制：若有發作傾向，需長期服用抗癲癇藥物。

行為與教育支持：建立生活能力

早期療育：越早開始語言與社交訓練，效果越佳。專業特殊教育能幫助孩子發展潛能，穩定行為。

行為治療：針對重複動作、焦慮情緒進行干預訓練。

職能與感統治療：改善日常生活能力與對環境的適應力，協助患者更自立。

家族遺傳諮詢：阻止重複遺憾

若家中已有患者，其他家庭成員應考慮進行基因檢測，以了解自身是否為攜帶者。透過遺傳諮詢，可獲得完整的生育建議，幫助下一代避免重複遺傳悲劇。

結語：醫學之外，更需理解

脆性 X 綜合症帶來的不只是疾病，而是一段長年累月的照護與心理考驗。這種挑戰，不只落在患者個人，也深刻改變了整個家庭的生活節奏與結構。

雖然目前仍無法治癒，但隨著科學進展與社會支持的增強，患者有機會過上更穩定、有尊嚴的生活。對他們來說，真正的藥方，除了醫學介入，還有來自家人、教育者與社會的包容與接納。

這不是一場可以單打獨鬥的戰鬥，而是一場需要全社會共同參與的陪伴與理解。

失控的躁鬱女孩

初見小珠，是一個夏末午後，天氣悶熱，診室裡的冷氣有些不足。那時我正翻著上午的病歷，門被輕輕推開，一位蒼老但腰板挺直的父親，牽著一位年輕女孩進來。他步伐穩重，動作卻格外小心，像是帶著一件極易碎的瓷器。

「醫生，這是我女兒，小珠。」

他的聲音輕得幾乎像是在請求，而非介紹。

小珠抬起頭，怯生生地看了我一眼。她臉上泛著微紅，嘴角試圖揚起一個笑容，那笑帶著點遲疑，卻也真誠可愛。她的雙手交握在胸前，站得筆直，舉止乖巧得像學校裡第一天報到的新生。

她的父親隨後補充說，小珠患有輕度智障與躁鬱症。年歲雖已超過成年，但生活上仍須有人照料。家中其他兄弟姊妹皆已出嫁或外遷，留下她與父親兩人相依為命。女兒習慣吃家裡的飯，喝家裡的湯，與父親住在那間三十年未曾換過門鎖的舊屋裡，一點點熟悉的秩序，便是她的世界。

日子雖然簡單，卻也安穩。小珠能自己穿衣、刷牙、收拾床鋪，生活尚能自理；而父親則負責煮飯、洗衣，做一些日常所需的瑣事。他說得雲淡風輕，我卻聽出話語裡藏著一種難言的孤單與堅持。他們的生活就這麼過著，不快不慢，沒有什麼波瀾，也無人替他們記錄。

直到有一天，小珠來診所覆診。那日氣壓極低，似有雷雨未落。她一進門，我便察覺不對——她眼神飄忽，手腳不安分。不到片刻，她突然高聲叫喊，聲音又尖又急，像某種被困住的野鳥衝撞籠壁，將桌上的筆與紙掃得滿地都是，還差點碰倒椅子。

護士驚慌失措，只好先將她送往急症室。我也不放心，隨即趕往醫院。到了那裡，只見小珠情緒激動，來回踱步，時而拍打牆壁，時而抱頭痛哭，整個急症室的氣氛因她而凝重起來。

我靠近她，輕聲道：「小珠，你怎麼了？」

她無視我的聲音，只是不斷哭喊。這不是任性，也不是脾氣，而是她體內那不穩的化學反應在無聲地騷動。她的躁鬱症顯然已進入發作期，不能再拖。我立刻思索對策，打算開出一種需要定期抽血監測的藥物，那是少數對她此類情況有效的處方。

計劃剛擬定，卻在翌日接到調職通知。我被安排前往母嬰健康院任職。那裡地處偏遠，通常是年資尚淺的醫生才會被派去「開荒」。我心裡明白，這次調動並非偶然，而是一場計算精細的安排。那段日子，醫管局內部波譎雲詭，人事更替密集，我明白自己在某些人眼中，已被歸類為「不合作」的一員。

這個調職，意味著我將無法再持續跟進小珠的治療，施用特效藥物的計劃也就此中止。我雖強作平靜，心中卻有說不出的牽掛與失落，這一份未竟的責任，像一根刺般，卡在心頭。

一個多月後的午後，我剛看完一位母嬰個案，正在收拾桌面，小珠的父親突然出現在診室門口。他看起來比記憶中更瘦削了些，臉上的疲態毫不能掩飾。

「醫生，小珠還是那樣，總是大喊大叫。怎麼辦？」

他聲音裡夾著焦急與一點哽咽。

我那一刻有些說不出話。內心千頭萬緒，既有對父女倆的愧疚，也有對體制的無力感。我知道此刻不是談情緒的時候，只能回他：「我會想辦法跟同事溝通，請他們幫忙調整治療。」

話雖出口，我心裡也明白，我的意見能否影響那群早已習慣按章辦事的同事，實在難說。

又過了三個月，小珠的情況未見起色，情緒反而更為頻繁地情緒失控。病房裡時常響起她的哭聲與叫喊聲，護士的耐性被一點點磨盡。同事私下討論是否讓她出院，「靜養」成了最後的選項。

我聽著那些話，只覺心裡泛著苦澀。我開口說：「不行。她可以比現在更好，她需要繼續住院接受治療。」

有同事問我：「那你想我們怎麼做？」

我回答：「使用那隻藥。」就是那隻我原本計劃使用的特效藥。

在一輪又一輪的會議與討論後，他們終於勉強接受了我的提議。那一刻，我心中並沒有勝利的快感，只覺一口壓在心頭的悶氣，終於稍微吐出了一些。

兩週後，小珠重新回到門診。她靜靜地坐在椅子上，雙手放在膝上，神情安定，嘴角掛著輕柔的笑意。

「醫生，謝謝你！」她的父親說，眼中泛著淚光。

小珠從袋裡取出一幅畫，遞給我。「我現在好多了。」她說。

畫中是一個笑臉，簡單明亮，旁邊歪歪斜斜寫著：「謝謝 Dr. May！」

我接過那張畫，一時無語。那是一張孩童筆下的畫，卻比任何表揚狀都更能撫慰人心。那笑臉，彷彿替她說出那些她平日無法說出口的話。

那幅畫我一直留在診室牆上，時時提醒自己，醫療不只是數據、報告與 KPI。醫療真正的價值，是在你不被看見的堅持裡，在你願意為一個病人多走一步時，在你願意相信她可以好起來的那一念之間。

回想那段被調離的經歷，我曾經憤怒、傷心，也動過離開的念頭。但今天想來，若不是那段離開，我或許也不會這麼確信：再怎麼邊緣的崗位，也有人值得你堅持。

小珠和她父親教會我一件事——醫生的價值，不在於被誰重用或放在哪裡，而在於是否還記得，自己是為什麼選擇這條路。真正的專業，是不忘初衷的善意，是哪怕被忽視，也仍願意看見別人的痛，並在無人喝采的角落，繼續默默地守住一份責任。

第八章

他們，曾經徹底破碎 後來，好了

作為精神科醫師，我經常自問：一個人是如何開始變好的？轉化的契機在哪？這些關鍵點，能否在另一個人身上複製？在無數不幸與悲劇中，我也親眼見證了無數次奇蹟般的康復——彷彿脫胎換骨的轉變。在精神醫學的診療室中，真正的「奇蹟」從來不是神蹟，而是神經可塑性（neuroplasticity）與心理韌性（resilience）的深度耦合。每一位出現劇變的患者背後，都有其獨特的「轉化樞紐」（pivotal moment）。

創傷後成長（PTG）： 一位創傷後壓力症候群（PTSD）患者，將閃回症狀轉化為理解他人痛苦的『雷達』。

後設認知（Metacognition）： 學會觀察自己的思考，不再讓杏仁核主導反應，而是讓前額葉進行風險評估與調節，形成更成熟的情緒反應。

優秀的精神科醫師：神經化學偵探，當某位患者對某些藥物產生副作用，改用其他後，藥物如同無形支架，大大減低患者的副作用，令她重拾自信。

這需要一點耐性和幸運，治療永遠是科學與藝術的結合。

我們能否從成功案例中提取「通用公式」？或每一次痊癒都是專屬劇本？

因素	特徵	案例表現
安全環境的建立	高（社會支持）	患者可以一步步康復
敘事重整訓練	中（需引導）	透過寫作將身分從受害者重構為生存者
外面經歷的頓悟	低（個體差異、隨機因素）	因人而異

真正的痊癒不是「複製貼上」，而是在患者獨一無二的大腦與人生地圖中，找出最適合他們的復原路徑。

那些真正「康復」的患者，常有一項共通特質：

將創傷後的高度警覺轉化為同理與覺察力；

把強迫反芻變成深度思考的能力；

將解離的觀察者視角轉化為心理輔導技巧。

終極叩問：什麼才是真正的痊癒？

當我們見證一位曾深陷 PTSD 閃回的患者，如今平靜地說：

「那件事很可怕，但它教會我如何辨識地獄，並為他人點燈。」

這究竟是治癒，還是創傷與重生的共生狀態？

或許，精神醫學的終極目標，不是讓人回到從前，而是在廢墟上建造出更堅韌、抗震的靈魂建築。

自醫的被強暴女生

Queenie 的飛來橫禍——Queenie，二十多歲，聰穎伶俐，自小學業出眾，一路穩步前行。大學主修電子工程，成績優異，原本前途光明，眾人對她寄予厚望。她的生活，如同方才盛開的枝椏，筆直地朝向陽光。

但命運的刀，總在最無防備之時落下。

那個夜晚，她在回家途中遭人襲擊、強暴。在那片刻之中，她整個人生被翻轉。從那天起，痛苦的記憶如陰影般潛伏不去，與她如影隨形。成績開始下滑，精神日漸恍惚，她經常陷入解離狀態，有時甚至連自己身在何處也難以分辨。

夜深人靜時，她輾轉難眠，耳邊不時浮現施暴者的辱罵聲。枕頭常常濕了一大片，卻沒人知道她的夢裡藏著怎樣的驚懼。

「為什麼是我？為什麼我的人生變成這樣？」這句話，在她心中盤旋了無數次，卻始終無解。

她被診斷為創傷後壓力症候群。治療過程並不順利。她按時服藥、接受心理治療，但內心的裂縫，並非短時間可以癒合。勉強畢業後，她找到了一份工作，但工作表現受影響，她總覺同事在背後竊竊私語，指指點點。與人對視時，她不自覺地閃躲；與人交談時，她感覺自己像一堵玻璃牆外的影子。

家人與朋友的態度也逐漸冷淡，他們不明白她的沉默、不理解她的防備。他們以為她只是「過不去」，卻無法感受她早已被困於心的深井。

她感到自己被整個世界遺棄了。

「人生還有什麼意義？」她在許多深夜裡對自己低聲問，聲音微弱，像從胸腔最深處傳來。

就在她幾乎要放棄時，她遇見了他── 一位性格溫和、言語耐心的男子。他從不急著進入她的世界，只是在她身旁靜靜陪伴。起初，她滿心防備，連他的關心也視作壓迫。但他的溫柔，一次又一次敲開她緊閉的門。

「我真的能重新相信一個人嗎？」她這樣問自己。這個問題，無人能答，唯有她自己在時間裡慢慢試探。

在他的陪伴下，她開始重新接受治療，也開始願意在心理師面前說出更多細節。雖然每說一次都是一次重現的痛苦，但她知道，這是必要的過程。

正當她以為生命稍有轉機之際，命運又一次出手。

某天，她接到一通電話──男友被指控在公共車廂中非禮一名女子。據稱是在睡著後無意間靠近對方，引起誤會。

她一時無語，整個人陷進椅背，像被掏空了。

「怎麼可能？他是那麼善良的人，怎麼會做出這種事？」她喃喃自語，既震驚，又惶惑。身邊的人不是哭泣，就是勸她抽身，沒有人能給她實際的幫助。

但這一次，她沒有逃。

「如果沒有人能幫他，那我來幫。」這句話，她對自己說，語氣冷靜中藏著決心。

她開始搜尋相關資料，尋求法律協助，四處聯絡律師。終於找到一位經驗豐富的律師願意協助。她不分晝夜地整理資料、回顧證詞，甚至主動前往現場調查可能的監視器角度。

她一邊奔走，一邊持續接受治療。她告訴心理師：「我不只是為了他，我也想知道，我有沒有辦法面對這一切。」她的語調平靜，卻有著以往所沒有的力量。

在漫長而艱苦的準備中，她第一次發現自己其實遠比想像中堅強。她不再是受創傷的人，而是站在風暴中主動出擊的人。

「這過程真的不容易。」她在鏡子前輕聲說，但她的眼神中已有一絲堅定，不再顫抖。

最終，男友得以洗脫指控，案件圓滿解決。她沒有慶祝，也沒有激動，只是在安靜的午後走出法庭，迎著日光，嘴角微微牽動——那是一個極輕、極淺的微笑，卻是久違了的。

「打不死我的，終將使我更強大。」她對自己說。不是壯語，而是對多年苦痛的一次平靜總結。

她持續接受心理治療，藥物漸減，情緒也逐漸穩定。她學會怎樣與傷口相處，也明白創傷不會自動痊癒，但可以學著與它共處、轉化它。

「人生雖有困難，但我已經知道該如何面對。」她記下這句話，不是為了誰，只為了提醒自己：她曾經沉淪過，曾經破碎過，但也曾為了所愛之人挺身而出，並在那個過程中，重新拾回了自己。

Queenie 的轉捩點 ：男友的出現帶來支援和考驗

「妳沒事吧？」一個溫暖的聲音打破了她的孤寂。

男友的出現彷彿讓她在黑暗中看見了一絲曙光。他沒有用同情的眼光看她，而是用耐心和溫柔陪伴在她身邊。漸漸地，Queenie 開始試著信任他，並重新拾回一點點生活的希望。

然而，人生哪有這麼簡單。「男朋友……涉嫌非禮？」正當親友紛紛慌亂，抱怨聲、指責聲此起彼伏。Queenie 看著他們，突然感到心中一股強烈的力量湧現。「如果沒有人能幫他，那我就來幫！」她咬緊牙關地說。

她開始翻閱法律條文，四處尋找律師的聯絡方式，甚至親自跑去調查有利證據。過程中並不順利，但她從未放棄。每當她累得快要撐不住時，腦海中都浮現男友無辜的眼神。

「妳真的不簡單。」律師終於被她的堅持打動。

男友案件：正義得以申張

「原來我也能這麼強大……」Queenie 站在法庭外，在這段過程中，她不知不覺地蛻變了。從一個受害者，變成了一個能夠幫助他人的照顧者。她感受到一種前所未有的掌控感和賦權感，不再只被痛苦的回憶束縛。

「打不死我的，終將使我更強。」那是尼采的話，也是她的告白。

透過這次經歷，Queenie 發現真正的治療師不是醫生或心理輔導，而是自己。「醫生，我發現，當我願意去愛、去信任，去承擔、去改變，才能有真正治療。」她在診室中對我說。

我見證了她的成長，她不再被創傷定義，而是學會從過去汲取力量，迎接嶄新的未來。人們常説，挑戰和挫折會讓人變得堅強。Queenie 就是最好的例子。她告訴我，「從今以後，我不再害怕任何困難。」

任何人都不應該用「疾病」來定義自己，正是這些改變，讓她擺脱了過去的陰影，走向更加堅強、自信的未來。

心理治療師的主要功能

治療的本質，從來不是「修理」破碎的靈魂。正如精神治療大師 Irvin D. Yalom 所言，治療師的任務不是替個案建立新的人生，而是移除那些阻礙個體自然成長與療癒的障礙。個體擁有自我實現與自我修復的潛力，而治療師所能做的，不過是照亮那條本就存在於心靈深處的小徑。

Yalom 主張，個案與治療師並非站在不同層級上的兩端。他將彼此比喻為「共同旅者」，一同走在這條崎嶇而不可預知的人生旅途上。他拒絕權威式的治療角色，而選擇與來訪者並肩而行，分享不確定，也分享人性的幽微與真誠。

在這樣的關係中，專業界限並非為了保持距離，而是為了守護信任與真實的聯盟。治療聯盟的力量，來自雙方的真誠，來自共同凝視痛苦與希望的勇氣。

要成為自己生命的療癒者，僅靠一段關係是不夠的。我們還需要學會如何與情緒共處，而非被情緒牽引。

在這方面，亞瑟· 布魯克斯（Arthur Brooks）提供了一個深具啟發的角度。他在一次公開演講中分享了親身經歷：有次與友人開車外出，路上遇到一輛突然插線的車。朋友立刻怒氣沖天，拍打方向盤怒罵：「這人怎麼開車的！」而他，只是輕聲一笑：「也許他有急事吧。」

面對朋友的困惑，他說：「我學會了用後設認知來處理情緒。」

這不是遏抑，也不是無視，而是一種將情緒交還給理性的能力。所謂後設認知（metacognition），即是我們用來覺察、分析與調整自己思維與情緒的能力，是意識的再一次提升。

情緒初起時，往往由大腦邊緣系統啟動。這套機制迅速、原始，像野獸的反射。然而若我們願意暫停數秒，將焦點轉向內在——「我現在感受到的是什麼？」、「這份情緒是被什麼觸發的？」——我們就能讓前額葉皮層介入，讓理性思維引導我們選擇反應，而非被動反射。

布魯克斯提醒我們，情緒不是敵人，而是訊號。與其抗拒，不如觀察它、理解它，然後選擇是否回應，以及如何回應。

從心理治療到日常生活的練習

這種自我調節能力，實際上正是心理治療所致力培養的：一種在每一次情緒湧現時仍能保有自我觀察與選擇自由的能力。它並不神祕，也不是遙不可及。

在治療室裡，我們協助個案辨認觸發情緒的事件，練習延宕反應的衝動，練習命名感受的語言，練習把過去的陰影從當下的情境中抽離。這些練習，也可以延伸至日常生活中：

深呼吸三次：情緒升起時，練習停止衝動反應。

書寫情緒日誌：將感受具體化，是與內在對話的第一步。

與信任的人對話：讓自己說出心中所思，有助於去中心化地觀察自己的情緒運作。

當我們這樣做的時候，我們正在實踐一種最深層的自我照顧。

痊癒，不是回到過去的樣子

心理治療的終點，不是讓個體「變得像沒事發生過一樣」。真正的痊癒，是帶著創傷，仍選擇往前走；是學會在痛苦中擁抱自己，在混亂中找到秩序，在崩塌之後重新建構意義。

正如 Brooks 所說：「你無法控制生活中發生的事，但你可以控制自己對這些事的反應。」

這就是情緒管理的核心，也正是治療的目標——讓人回到自己內在的主權中，去生活，去選擇，去創造。

什麼是後設認知？

我們都曾被情緒牽引，如風中浮塵，忽起忽落；也都曾在一念之間，被憤怒或恐懼奪去語言與判斷。但事實上，我們不是非得做那個被情緒控制的人。我們可以學會停下，轉身回望，在衝動升起之際讓意識接手，這正是「後設認知」所教我們的事。

所謂後設認知（metacognition），簡言之，是對自我思緒與情感狀態的覺察與反思能力。當情緒如海浪襲來，我們不再即刻被吞沒，而是意識到：我正在生氣、我感到害怕、我正陷入悲傷。而這份覺察，是邁向內在自由的第一步。

神經科學告訴我們，情緒的第一反應往往來自大腦的邊緣系統——那是一套原始而迅捷的機制，讓我們在危險中迅速反應。然而，這套系統缺乏深思熟慮的能力。若我們不介入，就容易在瞬間作出言語暴衝或行為過激的反應。

但正如亞瑟· 布魯克斯（Arthur Brooks）所指出的，我們可以透過後設認知，將情緒處理的權力交還給大腦的「執行長」——前額葉皮層（prefrontal cortex）。這是掌管邏輯、計劃與行為控制的腦區，是理性之所在。

當我們學會在情緒湧現時暫停片刻，我們便給了理性一個接手的機會。而那短短的一瞬，就是自由與衝動之間的界線。

從感覺到選擇：三步驟的情緒管理法

布魯克斯建議，每當情緒升起時，不妨練習以下三個簡單步驟，將我們從本能反應引向有意識的選擇：

觀察情緒：停下來，對自己誠實地問一句——「我現在感受到什麼？」

分析來源：思考觸發點——是插線的司機讓你不悅？還是心裡早已有別的壓力？

選擇反應：問自己——「如果我用理性思考，我會怎麼做？」

這種轉換並不只是認知的鍛鍊，更是一種心理的自我訓練。正如布魯克斯所說，在心理治療中，孩子學習在生氣時用語言表達，而不是動手或尖叫，其實就是在訓練他們啟用前額葉皮層，學會用語言掌控衝動。而成年人，也可以透過反思與練習，重建這樣的能力。

焦慮之後，思考才開始

布魯克斯談起他年輕時的焦慮經歷：那種壓力之下的失眠、惶惶不安，他也曾深陷其中。但後設認知為他開啟了另一扇窗。他說：

「當焦慮出現時，我不再急著驅逐它。我會對自己說：『現在，我感到焦慮，這是正常的反應。接下來我要做的是觀察它、分析它，然後決定我可以怎麼行動。』」

這樣的話語，乍聽平淡，卻蘊含深刻的自我對話能力。他從遏抑與逃避中退一步，選擇面對與參與。焦慮不再是怪物，而是線索；不再是敵人，而是提醒。

結果是，他的焦慮逐漸減緩，生活滿意度也大幅提升——不是因為壓力消失了，而是他學會了不讓情緒駕馭他的人生。

情緒管理：一種可學習的智慧

在當代社會，我們每一天都活在各種壓力、催促與人際衝突之中。情緒，往往比我們想像的更早決定了我們的言語與選擇。布魯克斯強調：情緒不是敵人，而是需要被理解與管理的訊號。

當我們願意觀察、分析並反思自己的情緒，便能重新拿回人生的主導權。我們不再只是被動地被情緒推着走，而是開始有能力選擇自己的路徑與步伐。

練習從今天開始

後設認知不是遙不可及的能力，它可以從日常最簡單的動作練起：

深呼吸三次，在情緒升起的當下暫緩反應。

將情緒寫下來，問自己：「我為什麼會這樣感覺？」

與可信任的人討論，讓他們成為你自我觀察的鏡子。

這些動作微小，卻可能成為你日後一次次在情緒浪頭上挺立的基石。

從衝動到智慧

情緒管理，是一門需要練習的技藝。它不是要我們遏抑情緒，而是教我們如何在火山未爆發前，找到心中的洩壓閥；如何在憤怒與委屈交織之時，選擇用語言代替拳頭。

正如布魯克斯所説：

「你無法控制生活中發生的事，但你可以控制自己對這些事的反應。」

這句話，是現代人的情緒箴言，也是邁向心理成熟的必經之路。當我們學會後設認知，也就學會了從情緒之中提煉智慧，

為自己的人生，作出有意識的選擇。

找回少女妙曼身形

患病和治療，同樣難受！我第一次見到 Dora，那年她十

五歲。她的身形厚重，五呎的身高卻有著超過一百六十磅的體重。她穿著一件顯得寬鬆的 T 恤和一條橡筋牛仔褲，髮型是乖順的冬菇頭，臉上架著銀框眼鏡。那不是一張天真的臉，而是一張過早承載疲倦的臉。

她走進來的那刻，像是把整間治療室的空氣都壓低了。

坐下不到半分鐘，她就低聲、反覆地說：「我很不開心……真的很不開心。」

那是一種從身體深處滲出的無力感。她說自己總是覺得不舒服——胃痛、頭暈、頭痛、失眠。這些症狀飄忽不定，如同她的情緒，時高時低，無法安靜。

我輕聲問她：「妳有嘗試做點運動嗎？」

她搖搖頭，眼神閃避：「我太累了，動不起來。」

那是一個封閉的循環。我一眼便看出來——越不動，身體越沉重；越沉重，就越無法動彈。她的肉身彷彿一座逐漸擴張的囚籠，把她的靈魂一寸寸壓進地底。

Dora 從初中開始就因為疾病輟學，後來轉入青年學院學習化妝與中英數課程。她說自己以前的成績很好，可是現在，她連看黑板都提不起勁。

「我不知道為什麼還要活著……」她輕聲說，低著頭，聲音幾乎要被自己吞下。「我看不到自己的未來……什麼都看不到。」

她被診斷為思覺失調與重度抑鬱。歷經數種藥物的嘗試，皆收效甚微。直到某一次，終於找到一款較為有效的藥，只是，副作用是明顯的體重上升。

我也曾試著替她換藥，試圖尋找兼顧療效與副作用的平衡點，但新的藥物不是引起劇烈暈眩，就是讓她整日昏沉。她像是在藥物與疾病之間兩面夾擊，每一次調整都像在翻越一道不確定的山嶺。

某天，我轉換角度問她：「妳有什麼願望嗎？隨心所欲地說。」

她靜了片刻，然後抬起頭：「我想瘦回以前的樣子，像過去一樣，體重不到一百磅。」

她輕聲說：「我看到那些漂亮的衣服，就知道自己穿不下……」

不久，她被診斷出高膽固醇與高血脂，醫生建議她開始服用降膽固醇藥物。那一刻，我心裡浮起一種難以言喻的酸楚——她才十六歲，竟已要開始靠藥物維持基本的代謝指標。如果現在就被藥物綁住，那二十年後、三十年後，她該怎麼辦？我無法不去想，她會不會就此進入另一個身體病症的惡性循環？

於是，我花了許多時間重新檢閱她的歷史紀錄，與同行諮詢不同的藥物選擇，終於找到一種副作用較小、可緩步調整的替代藥物。我們以極小的劑量開始，緩慢增加，搭配營養與日常活動的微調。

三個月後，她回來覆診，臉上的神色已有不同。她的體重下降了，膽固醇與血脂指數也恢復到正常範圍，整個人看起來輕盈了些，氣息中少了過去的沉悶。她說，她終於能穿上那件在店裡掛了兩年的裙子了。

但最叫我欣慰的，不是她的外貌，而是她眼神中的變化。那曾經渙散無神的目光，如今重新有了焦點——閃著微光的，是自信與願望。她開始與人主動交談，願意參加學院的活動，談吐間也多了一點幽默感。

她並沒有完全痊癒，但她開始懂得與自己的病共處，並主動為自己的健康負責。那曾經沉重的軀體，如今已不再壓垮她，而成為她生命中可以轉化的材料。

在她轉身離去時，我從她的背影中看到一個不同的 Dora——不再只是被照顧的孩子，而是一位正在學會選擇，正在學會前行的年輕人。

Dora 的關鍵轉捩點是什麼？

我相信，Dora 能夠逐步走出長期的陰霾，關鍵在於她開始使用了一種副作用較低的新藥物。這項轉變，讓她不再受限於過往藥物帶來的沉重代價——體重逐漸回落到健康範圍，高血脂與高膽固醇指數也明顯改善。身體的好轉如穩定的錨，牽引她的情緒開始平穩，也讓她重新拾起對生活的掌握感。她不再抗拒與人接觸，開始願意參與社交活動，甚至穿上那些曾讓她望而卻步的衣裳，彷彿終於穿回自己的人生。

這，是她康復歷程中的分水嶺。

在精神科治療中，我們經常面對一個兩難的現實：藥物可以改善病徵，卻往往帶來不容忽視的副作用，尤其對青少年而言，其影響更為深遠。以抗思覺失調藥為例，青少年患者最常見的副作用包括以下幾個面向：

體重增加與代謝異常

這是最顯著也最難處理的副作用之一。許多藥物會導致食慾增加，進而引起明顯的體重上升。而這樣的體重改變，對正值青春期、身體與形象自我認同都極為敏感的青少年來說，是沉重的心理負擔。此外，這類藥物也可能導致高血糖、高膽固醇與高三酸甘油脂，形成代謝綜合症的風險。Dora 正是受害者之一，她沒高血糖，卻被高膽固醇與血脂問題纏住。

鎮靜與嗜睡

許多患者會感到極度疲倦，日常活動與課堂學習效率大幅下降。整日昏昏沉沉的狀態，使他們更難與外界接軌，進一步加深隔離感。

錐體外症狀（Extrapyramidal Symptoms, EPS）

包括肌肉僵硬、顫抖、靜坐不能與動作不協調。長期使用甚至可能導致遲發性運動障礙，如面部或四肢不自主的抽動，對患者身心皆是一大折磨。

情緒與心理副作用部分青少年反映出現情緒遲鈍的情形——不再對喜悅感應、不再對痛苦波動。他們像是被蒙上一層濾鏡，與現實隔了一層膜。而另一些人則出現焦慮或情緒激動的副作用，反而加重原本的困擾。

內分泌變化

某些藥物可能造成泌乳素升高（Hyperprolactinemia），導致月經不規律、乳房脹痛，甚至分泌乳汁。對女性青少年來說，這樣的變化常造成難以啟齒的焦慮與尷尬。

心血管風險

雖屬罕見，但仍需警覺，如心律不整或 QT 間期延長等潛在嚴重副作用，可能對健康構成長遠影響。

其他常見副作用

如口乾、便秘、頭暈、視力模糊等，雖不致命，但長期積累亦會降低生活質量，消磨患者的治療動機。

Dora 的情況便是一個縮影，她的主要副作用是體重迅速增加與明顯的代謝異常。原本情緒低落、難以行動的她，因藥物帶來的變化更覺身體沉重，形成一個身心交錯的惡性循環：越不動，越胖；越胖，越不想動。

因此，當我們面對青少年的精神科治療時，必須更加謹慎。每一項處方，不只是為了緩解症狀，更是在介入一個正在成形的生命。醫者所面對的，不僅是疾病本身，而是整個人的尊嚴與未來。

在 介入 的案例中，正是因為我們最終找到一種副作用較少、療效穩定的新藥物，才使她有機會走出身體的桎梏，重新與生活建立連結。她不僅康復，更開始相信自己值得擁有健康、喜悅與希望。

這提醒我：治療不該只是讓人「沒有症狀」，而是讓人「能夠生活」。我們不僅要解除痛苦，也要幫助個體恢復那份被病奪走的主體性與能動性。

因為，真正的療癒，不只發生在藥物裡，也發生在一個人重新選擇穿起自己喜歡的衣服，走向人群，説出「我想要過好生活」的那一刻。

· · · · ·

被排擠的資優生

Rose 是 15 歲的女孩，在英國求學。

她的學業表現非常優秀，但她卻難以與同學相處。其他女孩總是熱衷於談論化妝品、男朋友，或是議論她們口中的「白痴」，而 Rose 的興趣完全不同── 她熱愛解剖學。她喜歡閱讀人體構造的書籍，對解剖牛眼球和豬心臟充滿興趣，這些都是老師提供的學習材料。

識別玫瑰的光芒

我第一次見到 Rose，是在她被從英國學校遣返回香港之後。

她十五歲，成績優異，卻總無法融入同儕的世界。當其他女孩熱烈談論化妝品、流行偶像，或是誰和誰偷偷牽過手時，她總靜靜坐在一旁，翻著一本解剖學的圖譜，專注得像在進行某種內在的儀式。她熱愛探索人體奧秘，牛眼球、豬心臟的剖析比任何八卦更吸引她。

「她很怪。」

「她問了一個超詭異的問題：如果一次殺五個人，跟分五次殺五個人，哪個罪比較重？」

這些話在校園裡流傳得很快。幾天之內，她就被視為「危險人物」，老師通報學校，校方通報醫院。評估報告指出她「有自殺傾向」，學校隨即決定讓她退學，並安排她返回香港接受治療。

回港後，她被診斷為抑鬱症，也有專家懷疑她屬於自閉症譜系。她被安排服藥，然而病徵未見明顯改善。她感到迷失，也開始懷疑：「我真的有病嗎？」

某日，她來到了我的診室。

她低著頭坐下，雙手無意識地繞著衣角，像是在保護一段隱形的界線。眼神裡充滿防衛，卻藏不住一種遏抑已久的疑問。

我輕聲對她說：「妳想說什麼都可以，沒關係的。」

她沉默了一會兒，然後慢慢地說道：「大家都說我有病……但我只是想知道答案。為什麼一個問題，會讓人覺得我很奇怪？」

我點了點頭，微笑回應：「其實，妳的問題很有深度。哲學家也常問這樣的問題，像 Michael Sandel 的《正義》，裡頭就討論過類似的倫理困境。」

她抬起頭，眼中閃過一絲驚訝與興奮。「真的？有人也問過這樣的問題？」

「當然。問這種問題不是病態，而是思辨能力的展現。妳的思考方式，比同齡人複雜得多。」

那一刻，我開始懷疑：也許 Rose 並非「病了」，而是她的思維，過於深遠。

為了更準確地理解她，我安排了一次智力測驗。數日後，報告出爐，她的 IQ 是 148。

當我告訴她時，她一時難以置信。

「妳不是有問題，而是太聰明了。」我說，「只是，這份聰明，讓妳暫時無法被理解。」

「那……我不是『怪人』？」她小聲問。

我輕輕一笑：「不。妳只是還沒遇到和妳頻率相同的人。」

這次對話後，我開始為她撰寫專業報告，說明她的高智商特質及情感孤立的成因，並與學校溝通，建議她應轉介至資優教育機構，而非精神科病房。幾週後，她被一所重視特殊才能與差異化學習的學校錄取。

新學期開始，她像換了一個人。課堂上，她不僅學業表現出色，還參與了校報編輯與生物學小組，在團隊裡找到被接納的感覺。她終於明白，與其說她曾經被排斥，不如說，是這個世界尚未準備好迎接她。

某天，她在診室對我說：

「醫生，謝謝你。我現在明白，我不是有病，我只是走在一條不一樣的路上。」

我回以微笑：「妳並不孤單。很多人，很多閃耀過這世界的人，也曾走過這條不尋常的路。」

轉捩點，從來不是治療，是理解

Rose 的真正轉捩點，不是藥物或診斷，而是被理解與被正確定位的那一刻。在她的生命中，曾有一段被誤解、被貼標籤的日子。她從一名天賦異稟的女孩，被錯當成精神病患者，只因她的問題不合時宜、她的興趣不合常規。當我們終於看見她的獨特性並給予適當支持，她的生命便開始恢復原有的方向。

這個故事提醒我們：在診斷與處置之前，理解永遠是最重要的起點。

每一個天賦異稟的孩子，都不該在誤解中失去自我。他們需要的，不是矯正，而是照見他們本質的那一道光。

如何支持和培育資優兒童

Rose 在英國被學校標籤為「危險份子」，被同學排擠、被醫師懷疑為自閉與抑鬱患者，最終在毫無預示的情況下被迫中斷學業返港。這不是單一的教育失誤，而是一場制度性誤解的縮影。她的經歷揭示了許多資優學生在人生早期所面臨的深層困境——不是因為不夠好，而是因為太不同。

以下十項具體策略，深入探討每一策略如何在真實情境中發揮作用，避免類似的孩子再度被遺落於體制的縫隙中。

一、認識並理解資優兒童的特質與需求

Rose 對解剖學的迷戀、對哲學問題的著迷，非但未被視為資源，反而被誤認為偏執與病態。當她提出「一次 殺五人 vs 五次殺五人，哪個罪較重」的問題時，這本是一道倫理學課堂上的合理提問，卻在校園中引發恐慌。

這正是對資優思維的誤解與病理化反應的典型案例。

資優兒童往往在語言、邏輯、道德判斷等方面表現超齡，這使得他們在同齡人中格格不入。而若教育體系缺乏對這些特質的辨識能力，他們將被視為「問題學生」，甚至遭受精神病理的錯誤標籤。

策略應用：建立學校層級的資優識別機制、早期觀察、心理智力測評流程，讓教師與家長能在第一時間辨認這些孩子的特質。

二、提供真正能激發潛能的智力刺激

Rose 在英國學校中，面對的是標準化、缺乏深度的課程，對她來説既無吸引力也缺乏挑戰性。她的學術好奇心無

處安放，最終轉化為社交疏離與內在焦躁。

資優學生並非只需要「更多題目」，而是需要更有深度、跨領域與開放性思考的學習模式。缺乏挑戰容易導致倦怠、自我懷疑甚至行為問題。

策略應用：設立進階課程（如 AP、IB 或大學先修）、跨學科研究計畫、科學營、哲學與思辨訓練，讓資優學生在知識探索中保持動能。

三、培養情感與社交發展，打造心理安全的空間

在原校中，Rose 無法參與同學的話題，她不理解流行文化、不熱衷八卦，自然成為孤島。資優者常會因興趣差異而被社交孤立，長期下來形成自我否定或反社會情緒。這種孤獨感若不被正視，可能發展為抑鬱、焦慮，甚至自傷傾向。

策略應用：創設資優小組、學伴制度、資優生社交技能課程，引導學生在人際互動中建立同儕認同與自我價值感。

四、採用差異化與彈性教學方法

Rose 的教育經驗是一次硬碰硬的錯位：一個充滿批判性與好奇心的思維，被塞進一套規格化教學體系裡，最終成為「多餘」的人。她沒有被當成「需要資源的學生」，而是被歸類為「需要管束的對象」。

資優教學的本質，不在於加量，而在於重新設計任務的深

度與開放度。

策略應用：教師可使用「層級任務設計」、「開放式探究」、「跨年級參與」等教學方法，讓學生根據個人能力進行有意義的學習探索。

五、精準與敏感的心理健康支持

Rose 曾被錯誤診斷為自閉與抑鬱，甚至服用了她自己也覺得「沒有幫助」的藥物。這種「因為她與眾不同所以她有病」的判斷，是許多資優兒童共同經歷的苦難。

許多資優者的內心掙扎，其實來自環境不適配，而非生理病變。他們需要的，是了解資優心理特質的專業諮商資源。

策略應用：設立資優心理師角色，培訓臨床與學校心理師識別「雙重特殊性」（Twice Exceptional, 2E）學生，並建立跨科專案會議制度以避免誤診。

六、建立學校與家庭的協作機制

當學校在未與家長充分溝通下做出終止學籍的決定，Rose 被徹底剝奪了身分與學習的尊嚴。這反映出家庭與學校間合作的斷裂，也是許多教育介入失敗的關鍵因素。

策略應用：建立 IEP（Individualized Education Plan）制度，並由專業人員協助家長與學校共同制訂支持方案；教師應定期回饋學生狀況，家長亦能參與資優培育規劃。

七、教導生活技能與情緒自我管理

Rose 擅長邏輯與知識追求，卻不擅長處理人際微妙情境。資優者往往在語言能力上超齡，但在同理、情緒辨識或社交策略上反而落後。

策略應用：引導學生進行情緒詞彙學習、非語言訊息解碼、時間與壓力管理訓練，協助其發展整體適應能力，而非單一認知成就。

八、促進學術與生活的整合平衡

Rose 初期過於執著於學術與知識，忽視了身心整合的必要性。當她進入新學校後，開始參與藝術展、科技比賽，她的生活不再只是腦袋裡的思考，而成為了整體人格的成長。

策略應用：鼓勵資優學生參與課外活動、運動、音樂、戲劇，發展多元自我；學校可設計跨領域挑戰任務，讓學習與實踐結合。

九、及早識別風險，防止發展性崩潰

Rose 的故事若未及時被翻轉，很可能繼續惡化——更嚴重的社交逃避、更深的情緒危機、更複雜的誤診與誤治。資優者若無支持，其挫敗與幻滅往往比常人來得深且久。

策略應用：設立校內「資優學生追蹤系統」，每學期檢視學生表現變化，並由教師、輔導員定期進行風險篩查與干預。

十、引導學生尋找生命方向與意義

Rose 對生命道德與人體奧祕的好奇，其實蘊藏著對「我存在於世界上有什麼意義？」的早熟追問。這正是許多資優孩子內在的不安來源。

策略應用：導入哲學、倫理、美學等「生命教育」元素，透過閱讀、寫作、對話、反思活動，引導學生思考。

自我與世界的關係，尋找個人願景與長遠目標。

真正的資優教育，是理解，而非期待

Rose 的故事從「被診斷」到「被理解」，從「被送走」到「被接納」，她的蛻變不是因為智力提升，而是因為她終於進入了一個理解她的環境。

每一個資優兒童，都不只是分數與測驗的集合體，而是懷抱著特異視角與敏銳感受的人。他們能看見他人忽視的東西，也承受著他人難以理解的孤獨。

願每一位像 Rose 一樣的孩子，都能在正確的時候，被正確地看見。

雙重特殊性

資優兒童因為某些特質與不同的心理障礙重疊而被誤診。這些誤診可能導致不適當的干預措施，無法真正滿足孩子的實際需求。

例如，資優兒童常表現出高度的情緒強烈、敏感性和耐心不足，這些行為可能被誤認為是注意力不足過動症（ADHD）。他們對特定興趣的極度專注也可能被誤解為強迫症（OCD）或自閉症譜系障礙（ASD）。這些誤診的原因通常是專業人士不熟悉資優兒童在社交和情感方面的特徵，因而將原本正常的行為視為病態。

此外，「雙重特殊性」（twice-exceptionality）這一概念在近年來逐漸被認可。雙重特殊（2E）兒童是指既具有資優特質，又有學習障礙或發展障礙的兒童。識別這類兒童充滿挑戰，因為他們的卓越能力可能掩蓋其障礙，反之亦然。這種雙重特性往往導致誤診，或未能準確識別其資優特質或障礙。

因此，教育工作者、家長和醫療專業人士需要對這些複雜情況保持敏感，確保資優兒童獲得針對其獨特需求的支持和干預措施。

著名的天才 看似是白痴

在人們的想像中，天才總應早慧：語言流利，反應敏捷，自信滿滿。然而，現實常常恰恰相反。

阿爾伯特· 愛因斯坦（Albert Einstein）小時候，在眾人眼中，與「天才」二字相去甚遠。他四歲仍未開口說話，鄰居議論紛紛：「他都四歲了，怎麼還不會說話？」連老師也搖頭認定他學習遲鈍，看不出有什麼前途。

課堂上，他常常沉默不語，眼神飄向窗外。對於課本與習題，他似乎毫無興趣。「Albert，你能回答這個問題嗎？」老師皺著眉問道。

他低下頭，片刻後喃喃地說出答案，聲音低到聽不見。老師搖搖頭嘆息，轉身繼續在黑板上講課。同學竊竊私語，對他的異樣充滿不解。

可誰知道，那些無聲的時刻，他的腦海正穿越常規的界線，沉浸於宇宙的奧秘。他盯著星空，悄悄在心裡問：「時間和空間真的如我們所想嗎？」

這樣的問題，從未在課堂上得到回應。但多年後，他的思索改變了整個物理學世界，那便是後來震撼科學界的「相對論」。

湯瑪斯· 愛迪生（Thomas Edison）的求學路更為艱辛。他不善於遵循學校的節奏，也無法適應那些教條般的教學方式。老師甚至曾當著全班說他是「遲鈍的孩子」。

有一次，課堂上老師語氣不悅地斥責：「湯瑪斯，你能不能專心一點？還是說這些課本對你來說太難了？」

小湯瑪斯紅著臉，緊咬著嘴唇，不發一語。他並不笨，只是與這個世界的學習節奏格格不入。沒過多久，他的母親接到通知——學校不願繼續教導他。

回家路上，母親抱著他，語氣溫柔卻堅定地說：「湯瑪斯，你不是遲鈍。既然學校不適合你，那我們就在家學習吧！」

那天起，他的啟蒙不再依賴課桌與講義。他開始在自家地窖進行實驗，拆解家用電器，觀察零件如何彼此連動。他在一片混亂中尋找秩序，也在母親默默的支持中，逐漸點燃屬於自己的那盞燈。多年後，他果真成了點亮黑夜的發明家。

另一位與世界格格不入的，是數學家約翰· 納什（John Nash）。他天資聰穎，年少時便展現驚人的數學天賦，複雜的理論他能一眼貫通。

然而他的性格古怪，不擅言談，與人相處始終困難。

在大學宿舍裡，他時常自言自語，甚至開始出現妄想與猜疑。「你怎麼老是說有人在監視你？」室友擔憂地問。

他回答得無比堅定：「他們就在那裡，我知道的。」

隨著年齡漸長，納什的精神狀況愈發惡化。他被診斷為精神分裂症，生活逐漸陷入混亂與孤立。但即便如此，他的數學才華從未遠離他。他仍持續寫下博弈論的計算與公式，那些沉默中的推演，最終成為人類社會行為模型的重要基礎。

多年後，他因對博弈論的貢獻獲得諾貝爾經濟學獎，成為少數以理論思維翻轉命運的精神疾病患者。他的故事提醒我們，有些人即使與世界交往困難，也能用獨特的方式與世界對話。

還有一位與眾不同的女孩，名叫特普爾· 葛蘭汀（Temple Grandin）。她從小被診斷為自閉症，童年時幾乎無法說話，也極度排斥與人接觸。在學校裡，同學們經常嘲笑她、排擠她，稱她為「怪胎」。

她卻對動物的行為充滿興趣，尤其關注牧場裡牛群的行動與反應。有一天，她突然對母親說：「牛在被趕進屠宰場時很害怕，我想設計一個能讓牠們感到平靜的系統。」

母親感到驚訝，卻並未否定她的想法，而是選擇相信與支持。多年後，特普爾· 葛蘭汀成為動物行為學的權威，她所設計的畜牧系統在人道處理上取得重大突破，改變了全球畜牧業的運作方式。

更重要的是，她不僅克服了童年時期的社交障礙，也成為自閉症倡導的重要聲音。她用自身經驗告訴世界，自閉不等於無能，差異不代表障礙。

這些名人的故事說明，「雙重特殊性」（Twice-Exceptional, 2E）從來不是成功的絆腳石，反而是一種潛藏的力量。他們在成長過程中面對的誤解與排斥，幾乎成了宿命的一部分。

但也正因為他們遇到了願意傾聽與理解的師長與家人，在堅持與支持的相遇中，他們走過了最初那段看似孤單的旅程。他們的才華，終於找到能發揮之處；而他們的與眾不同，則成為改變世界的原動力。

這些故事不是神話，而是真實的生命回音。他們提醒我們，每個被誤解的孩子，都可能擁有尚未被發現的宇宙。若能多一些理解，少一些急於診斷，也許下個改變世界的人，就在某個角落靜靜翻著解剖書、望著星星發呆。

誰的轉捩點

在治療的旅途中，轉捩點往往不是劇烈的突破，而是一次無聲的覺醒。

有時，它悄悄降臨在案主心中。經歷漫長的痛苦與反覆的自我質疑後，在某個尋常的時刻，他突然看見那個一直被隱藏的自己，不是扭曲的，也不是壞掉的，而是因為受過傷，才將自己藏得那麼深。他眼神一沉，聲音放輕，彷彿對自己低語：「原來我並沒有壞掉。」

那一刻，像霧終於散開。他第一次相信，自己是可以修復的。這並非只是情緒上的釋懷，而是一種心理學上所說的自我認同重構，是與內在真實對話後所誕生的整合。從那一刻起，他不再只是來「求助」的病人，而成為自己療癒歷程的參與者。

有時，轉捩點出現在治療師的堅持之中。他反覆調整藥物、仔細追蹤副作用，耐心傾聽那些病人自己也說膩了的痛苦。那不是「一次解決」的過程，而是一場與腦內神經遞質慢慢協商的長談。每一次改藥，每一次回診，都像是在摸索一把遺落在深林中的鑰匙。

直到有一天，病人淡淡一笑，說：「我終於好過一些了。」那一句話，不華麗，卻如暖流穿透。治療師知道，他們走過了最難的那一段路。

但更多時候，轉捩點不只是病人的，也不只是醫師的，而是屬於他們之間。

也許是在某次例行的晤談中，案主一個眼神，帶著微微閃動的光。治療師看見了，也忽然明白：這不只是一份病例，不只是一套診斷。這是一個靈魂，正以自己的方式嘗試與世界對話。而那道微光，來自內在的洞見，一種比語言更清晰的存在感。

那一刻，醫師也被啟發。不是因為專業上的收穫，而是因為他被提醒，在這段看似單向的醫病關係中，他其實也在成長、也在尋找。

於是他開始自問：我是不是也曾有一部分的自己，被遺忘在某個創傷之後？而今天，是不是因為這位案主的出現，我才重新看見了那片沉默？

在這樣的時刻，治療早已不再只是病歷上的進度，而是一段雙向的同行。治療師和病者，兩人原本來自不同的起點，卻在彼此的故事中，折射出自身尚未明朗的部分。

心理治療學者厄文· 亞隆（Irvin D. Yalom）說，治療師與病者是**「共同的旅人」**。這段話或許是對轉捩點最溫柔的詮釋。它不是醫者單方面的救贖，也不是病人一方的覺悟；它是兩顆心靈，在風中相遇，在霧裡彼此照見的剎那。

這樣的轉捩點，從來無法預設，也無法量化。但我們知道，那些沉重的沉默，那些無解的反覆，那些微弱卻堅持的努力，都沒有白費。因為在那之後，病人終於輕聲說：「我撐過來了。」而醫師，也在心裡默默回應：「我，和你一起。」

人間奇案錄

作　　者：苗延琼醫生

出　　版：真源有限公司
地　　址：香港柴灣豐業街12號啟力工業中心A座19樓9室
電　　話：（八五二）三六二零 三一一六
發　　行：一代匯集
地　　址：香港九龍大角咀塘尾道64號龍駒企業大廈10字樓B及D室
電　　話：（八五二）二七八三 八一零二
印　　刷：培基印刷鐳射分色公司
初　　版：二零二五年七月

PRINTED IN HONG KONG
ISBN：978-988-70897-4-2